Querverlag

Karen-Susan Fessel

Unter meinen Händen

Roman

Unter meinen Händen ist ein Roman. Das bedeutet, dass Handlung und Personen erfunden sind. Die Örtlichkeiten hingegen entsprechend zum Teil der Wirklichkeit.

Mein Dank gilt dem Geburtshaus Kreuzberg und all den Hebammen, Müttern und Vätern, die mir geduldig und bereitwillig Auskünfte und Informationen gegeben und damit sehr geholfen haben, allen voran Bärbel und Eva. Etwaige Unrichtigkeiten in der Darstellung gewisser (geburtstechnischer wie physischer) Abläufe sind jedoch keinesfalls meinen InformantInnen, sondern mir anzulasten.

Erste Auflage März 2004

Umschlag und grafische Realisierung von Sergio Vitale unter Verwendung einer Fotografie von Anja Müller.

Druck und Weiterverarbeitung: Druckhaus Köthen
ISBN 3-89656-100-6
Printed in Germany

Bitte fordern Sie unser Gesamtverzeichnis an:
Querverlag GmbH, Akazienstraße 25, D-10823 Berlin
http://www.querverlag.de

I

Montag

Rasmus ist erst einen Tag alt, aber sein Vater scheint ihn schon sehr gut zu kennen.

„Das hat er nicht so gerne", sagt Luis, als ich Rasmus an den Füßen fasse und er zu schreien beginnt.

Ich schiebe meine freie Hand unter den kleinen, kräftigen Körper, hebe ihn an und bette den Jungen an meine Brust. Sofort hört Rasmus auf zu weinen und sieht mich aus hellblauen Augen verwundert an. Ich blicke zu seinem Vater.

„So, das hat er also nicht so gern?"

Luis zuckt mit den Schultern. „Nein, eigentlich nicht", sagt er und lächelt verlegen.

Rasmus zieht die winzige Stirn kraus. „Uh", macht er und strampelt mit den Beinen. Dann seufzt er und verzieht den Mund. Ich fahre mit einem Finger über seine kaum vorhandenen Augenbrauen und schnalze mit der Zunge. Rasmus starrt mich an. Er schielt, wie fast alle Neugeborenen.

„Siehst du aber intelligent aus, mein Kleiner!", sage ich und wiege ihn leicht.

Rasmus gluckst bestätigend.

Neben mir wechselt Luis das Standbein. Ich spüre, dass er den Kleinen nur zu gern aus meinen Armen nehmen und selber halten möchte. Aber noch muss er sich gedulden.

„Wo ist die Waage?", frage ich.

Luis stolpert fast über die eigenen Füße, als er mich durch den Flur ins Bad führt, wo die Waage auf der geliehenen Wickelkommode steht. Durch die offene Tür kann ich Vera sehen, die im Bett liegt und schläft. Sie sieht sehr mitgenommen aus, genau wie Luis auch. Im Geiste notiere ich mir, dass ich mich nachher noch um eine Haushaltshilfe für die beiden kümmern werde.

Rasmus protestiert mit ärgerlichem Gejammer, während ich seine Nabelschnur untersuche, seine Temperatur messe und ihn wiege. Er hat zehn Gramm abgenommen seit gestern, aber das ist normal. Ansonsten ist er gesund. Klein und mickrig zwar, aber gesund. Noch keine Anzeichen von Gelbsucht, normal entwickelte Lungen. Die Atmung ist gut.

Als ich ihn wieder hochnehme und sein Gewicht spüre, bin ich für einen Moment sehr gerührt. Wie hilflos er ist, dieser winzige Mensch in meinen Händen, der sein Leben noch vor sich hat. Jedes Mal wieder rührt mich das an.

Ich blicke zu Luis. „Hast du gut gemacht", sage ich und grinse.

Luis wird rot. „Ach", sagt er und windet sich, ohne den Jungen aus den Augen zu lassen. „Ach, ich ... Ich hab doch gar nichts gemacht. Leider."

Ich reiche ihm den Kleinen und sehe zu, wie Luis mit der typischen ängstlichen Unsicherheit aller frisch gebackenen Väter das Neugeborene entgegennimmt und vorsichtig in die Armbeuge bettet.

„Natürlich hast du. Das ist dein Sohn."

„Ich wünschte, es wär so", sagt Luis mit einem Anflug von Traurigkeit und betrachtet den Kleinen, der jetzt, erschöpft von der Anstrengung, die Augen geschlossen hat und dabei ist, einzuschlafen. „Ich wünschte, es wär so."

Draußen ist es schwül. Die Wolkendecke, die seit Tagen über der Stadt hängt, ist aufgebrochen, und die Sonne strahlt durch den Dunst wie durch ein Brennglas auf die Straßen hinunter.

Als ich den Wagen aufschließe, strömt mir aufgehitzte Luft entgegen. Ich bleibe einen Moment stehen und betrachte die Häuserzeile gegenüber, den Park am Ende der Straße, das Stück diesigen Sommerhimmel darüber. Weit oben schleppt ein Zeppelin seine Werbebotschaft durch die Luft. Die Werbefahne hängt schlaff herunter, ich kann nur wenige Buchstaben entziffern.

Eine dunkelhaarige Frau geht dicht an mir auf dem Bürgersteig vorbei, mit träge klappernden Absätzen. Als ich sie ansehe, blickt sie zur Seite. Etwas in ihren Augen erinnert mich an Kim.

Dann ist die Frau fort, und mit ihr die Erinnerung. Ich lege den Kopf in den Nacken und merke, dass ich Hunger habe.

Heute ist Montag. Noch zwei Wochen. Noch genau vierzehn Tage, dann lasse ich all das hinter mir – die brütende Hitze der Stadt, ihre Staub und Dreck ausschwitzenden Straßen, die angestrengten Gesichter ihrer Bewohner, die spätgebärenden Mütter darunter und ihren Nachwuchs.

Noch zwei Wochen. Aber noch immer weiß ich nicht, wo ich dann hingehen werde. Und was danach kommt.

Als ich einsteige, spüre ich die schmerzhafte Stelle in meinem Rücken. Ich schiebe den rechten Fuß nach vorn und verlagere das Gewicht, und der Schmerz geht. Zeit für Inga. Aber nicht heute.

Ich fahre die Kreuzbergstraße hinunter und dann in die Bergmannstraße. Jetzt, wo die Sonne sich hervorgekämpft hat, sind auch die Leute aus ihren Löchern gekrochen. Eine Traube von Touristen hängt vor einem Souvenirladen und betrachtet die aushängenden Postkarten. Der Gemüsehändler ein Stück weiter preist lautstark seine Waren an, und an den Tischen der Cafés ringsum hocken sonnenbebrillte

Gäste und versuchen so auszusehen, als betrieben sie hier seit den Morgenstunden Müßiggang. Vor dem japanischen Imbiss langweilt sich ein Sushi-Koch, und beim Thailänder ein Haus weiter sind fast alle Bänke besetzt. Aber die letzte ist frei. Und der Parkplatz direkt davor auch.

Die Sonne verschwindet wieder hinter den Wolken und wirft gnädigen Schatten über mich, als ich mein Essen auf den Tisch stelle und mich in die Sitzbank schiebe. Gebratene Garnelen mit Gemüse, heiß, scharf, köstlich. Ich genieße jeden Bissen, ohne den Blick vom Teller zu heben. Als ich fast fertig bin, stützen sich plötzlich zwei Hände rechts und links davon flach auf dem Tisch auf. Frauenhände, schlank und gepflegt.

Mein Blick fährt an nackten Oberarmen empor und hält bei einer verspiegelten Sonnenbrille inne. Das von einer blonden Mähne eingerahmte Gesicht dahinter kenne ich. Tanja.

„He, da hat aber jemand Hunger gehabt." Sie richtet sich auf und schiebt ihre Sonnenbrille nach oben. Ihre grünen Augen blitzen mich an. „Wie geht's dir denn so?"

„Bestens. Und selbst?" Und dann, während Tanja fragend auf den Platz mir gegenüber deutet und ich nicke, dann fällt mir auch der Name ihres Sohnes ein. Ein kräftiger Kerl mit einem Wahnsinnsorgan, der pünktlich zur Welt kam und sofort losschrie. „Und Laszlo?"

„Wächst und gedeiht", sagt sie und setzt sich. „Dass du dir den Namen gemerkt hast!" Sie schiebt ihre gefalteten Hände nach vorne. Schon damals haben die mir gefallen. Genau wie die ganze Frau.

Was durchaus auf Gegenseitigkeit beruht hat. Selten hat mich eine Patientin so angebaggert wie Tanja. Aber für mich war sie natürlich tabu. Meine eigene goldene Regel.

„Klar hab ich das", sage ich und lächele Tanja an. Sie lächelt zurück, einen Tick zu lang. Dann schiebt sie sich die Sonnenbrille tiefer ins Haar, ohne mich aus den Augen zu lassen.

„Wo steckt der Kleine? Wie alt ist er jetzt, vier? Oder fünf?"

„Fünf. Er ist gerade für zwei Wochen mit Zoran in Kroatien. Zoran ist sein Vater, das weißt du ja vielleicht noch."

Ich nicke. „Lebt ihr noch zusammen?"

Tanja schüttelt den Kopf. Natürlich. Fünf Jahre später hat die Welt sich ziemlich oft um sich selber gedreht.

„Aber du wohnst noch in der Fidicin, oder?", frage ich.

Jetzt ist es Tanja, die nickt. „Laszlo ist ein ganz Süßer, echt", sagt sie, wie um die Scharte auszuwetzen, die ihre gescheiterte Beziehung hinterlassen haben könnte. „Aber ziemlich quirlig manchmal, puh."

„Genau wie er rausgekommen ist. Die wichtigsten Eigenschaften zeigen sich eben meistens sofort."

Sie lächelt, und ihre grünen Augen tasten mein Gesicht ab. Ich spüre, wie sich etwas in meinem Bauch zusammenzieht.

Tanja ist genau der Typ Heterofrau, um den ich normalerweise einen großen Bogen mache: gut aussehend und gut situiert, elegant mit einem Schlag ins Biedere, gelangweilt vom Leben und permanent notgeil. Im Bett aber, das hab ich in früheren Jahren ziemlich zügig gelernt, ist bei solchen Frauen sehr schnell die Luft raus.

Doch bei Tanja vermute ich mehr. Sie könnte bestimmt eine ganz heiße Nummer hinlegen. Das interessiert mich. Immer. Und im Moment ganz besonders.

„Ich hab manchmal an dich gedacht in den fünf Jahren", sagt Tanja unvermittelt, und ihre Stimme ist eine Nuance tiefer geworden. „Wie es dir wohl so geht."

„Ach?" Ich hebe eine Braue, schiebe meinen Teller zur Seite und beuge mich vor.

„O ja", sagt sie und lächelt lasziv. Ich bin ihr so nah, dass ich den leichten Schweißfilm auf ihren Schlüsselbeinen sehen kann. Augenblicklich bekomme ich Lust, meinen Finger dort hinübergleiten zu lassen. Ich möchte sehen, wie Tanja unter meiner Berührung erschauert.

„Und du möchtest, dass ich dir jetzt erzähle, wie es mir geht, ja?", frage ich leise. Tanja steigt drauf ein.

„Oder bei einer anderen, einer besseren Gelegenheit", sagt sie, lehnt sich zurück und sieht mich herausfordernd an.

Eine Schar lachender Kinder läuft dicht an unserem Tisch vorbei, und an der Kreuzung quietschen Bremsen. Tanja und ich schweigen, während ich meinen Blick langsam an ihr heruntergleiten lasse. Ihr Dekolleté bietet einen reichlich tiefen Einblick. Sieht so aus, als wären ihre Brüste gut in Form geblieben.

Ich muss daran denken, dass ich ihren Körper ziemlich gut kenne. Ich weiß, wie sie aussieht. Ich habe sie an vielen Stellen berührt. Und in ihr drin war ich auch schon.

Als ich ihr wieder in die Augen sehe, merke ich, dass sie an genau dasselbe gedacht hat wie ich. Ich merke es an der Art, wie sie mich ansieht. Eine Spur zu intensiv. Sie legt es wirklich drauf an.

Wenn sie es so haben will – bitte. „Okay", sage ich und lächele ihr zu. „Dann lieber bei einer besseren Gelegenheit. Wie ist es, hast du Lust, in den nächsten Tagen etwas trinken zu gehen?"

„Und ob", sagt Tanja und lächelt zurück.

„Gib mir deine Nummer. Ich rufe dich an."

Sie nickt und sieht mir tief in die Augen. Um ihre Mundwinkel herum zuckt es ganz leicht. „Deine hab ich ja noch", sagt sie schließlich und lacht.

Einer der Geburtsvorbereitungskurse für Paare ist gerade zu Ende gegangen. Die Teilnehmenden kommen mir auf der Treppe entgegen, ein Lesbenpärchen ist auch darunter. Die Schwangere von beiden erkenne ich sofort. Mit einem leicht verklärten Lächeln geht sie die Treppe hinunter, während ihre nervöse Freundin mit verkniffenem Gesicht neben ihr hermarschiert, nach dieser anstrengenden Stunde im Kreise glücklicher Heteropaare instinktiv auf Abwehr gedrillt. Als sie mich entdeckt, wirft sie mir vorsorglich einen finsteren Blick zu. Ich erwidere ihn, indem ich ihr zuzwinkere.

Frauenpaare sind immer noch selten, aber allmählich werden es mehr. Genau wie die jüngeren Schwangeren, ein Nebeneffekt der steigenden Arbeitslosenzahlen vermutlich. Zwischen den vielen Spätgebärenden, die ihrem gut verdienenden Zweit- oder Drittpartner noch neues Lebensglück schenken wollen, heben sie sich wohl tuend hervor.

Überhaupt, eine andere Klientel wäre mir manchmal lieber – Frauen, die es sich nicht leisten können, die Geburt und Aufzucht von Kindern als Luxus zu betrachten, den man sich auf den letzten Drücker dann doch noch gönnt. Aber mittellose Teenagermütter habe ich hier so gut wie nie gesehen.

Im Flur hilft ein bärtiger Mittvierziger seiner kaum jüngeren Partnerin betont fürsorglich in den Sommermantel und nickt mir mit feierlichem Ernst zu, als ich vorbeigehe. Ich nicke knapp zurück.

Manchmal ist mir die Heiligkeit, die Inbrunst zuwider, mit der manche Paare, gerade ältere, ihre Leibesfrüchte schon vor der Geburt anbeten. Ein deutliches Alarmsignal, ich weiß. Höchste Zeit für eine Pause.

Hedi sitzt im Büro, den Kopf zwischen den Händen. „Hallo, Gunn."

„He, Hedi. Ich mach nur ein paar Anrufe und hol einige Sachen."

„Schade", sagt sie und ringt sich ein Lächeln ab. „Ich dachte, du löst mich ab." Ihr schwäbischer Akzent ist ausgeprägter als sonst. Hedi ist müde.

„Ich hab doch gar keine erste Bereitschaft mehr, Hedi."

„Ja ja. Ich weiß doch, war ja nur ein Scherz." Sie macht ein argloses Gesicht und sieht zu, wie ich die Schreibtischschublade aufziehe und darin herumkrame. „Aber ich versteh immer noch nicht, warum du aufhörst", sagt sie in ihrem singenden Tonfall und schüttelt den Kopf. „Wir sind doch so ein gutes Team."

„Du bist einfach nur an mich gewöhnt, Hedi. Mich kann jede ersetzen", antworte ich. „Sag mal, hast du die Haushaltshilfenliste gesehen?"

Hedi deutet mit dem Kinn zum anderen Schreibtisch. Im gleichen Moment klingelt das Telefon. „Kannst du rangehen?", fragt sie erschöpft.

Ich fische die Liste vom Tisch und nehme den Hörer ab. „Geburtshaus Wartenburgstraße, Gunn Bartoldi am Apparat."

Ein Japsen ist zu hören, dann schnappt jemand nach Luft. Ich schalte den Lautsprecher ein, und Hedi blickt hoch.

„Hier ist Petra Dörrmann. Ich glaube, mein Baby kommt. Ist die Mara da? Ihr Piepser ist …" Die Frau ringt nach Luft, und ich sehe zu Hedi, die mit den Lippen ein paar Worte formt und mir fünf Minuten anzeigt. „… ist aus", keucht die Frau am anderen Ende des Hörers.

„Mara kommt jeden Moment", sage ich. „Aber vielleicht kann ich dir kurz helfen?" Ich lege so viel Beruhigung in die Stimme, wie ich kann. „Wie oft kommen die Wehen?"

„Alle paar Minuten", japst sie.

„Gut. Und wie lange dauern sie ungefähr?"

„Ich weiß nicht, vielleicht …"

Im Hintergrund höre ich Gemurmel, dann übernimmt ein Mann den Hörer. „Ich hab gestoppt", sagt er aufgeregt. „Eine knappe Minute dauern die Wehen jetzt."

„Fein. Dann solltet ihr jetzt herkommen", sage ich ruhig. „Ist Mara eure Hebamme?" Hedi nickt heftig und gestikuliert wild, und ich drehe mich halb zur Seite.

„Ja, und wir wollen auch unbedingt Mara, weil …"

„Geht klar. Ihr wollt Mara, ihr kriegt Mara", sage ich, und das Lächeln in meiner Stimme scheint ihn zu beruhigen. „Kommt jetzt bitte her. Aber ganz ruhig bleiben, ja?"

Als ich auflege, stöhnt Hedi. „Auch das noch. Die ist zwei Wochen zu früh dran! Und heute hatte ich schon zwei Geburten."

„Gut gegangen?"

Hedi nickt. Ich fahre mit dem Finger die Liste hinab und bleibe einen Moment bei Anitas Namen hängen. Nein, zu temperamentvoll. Nichts für Vera und Luis. Mein Finger gleitet weiter hinunter. An der Tür klingelt es.

„O nein!", seufzt Hedi. „Die Voruntersuchung! Und jetzt kommt doch gleich die Geburt! Wo Mara bloß bleibt?"

„Keine Chance, Hedi", sage ich, ohne sie anzusehen. „Wirklich nicht. Ich hab noch zu tun. Ich kann nicht übernehmen, tut mir Leid."

Hedi schweigt beharrlich. Mein Finger macht bei Lisa Altenburg Halt. Nicht ideal, aber das könnte was werden.

Hinter mir seufzt Hedi. Ich richte mich auf. „Okay", sage ich und seufze auch. „Na gut. Aber zum letzten Mal, Hedi."

„Du bist ein Schatz!", sagt sie in breitestem Schwäbisch. „Danke!"

Hedi und ich sind uns eigentlich von Anfang an nicht sonderlich grün gewesen, aber die Jahre gemeinsamer Arbeit haben uns dennoch zusammengeschweißt. Mittlerweile mag ich sie fast. Hedi ist eine verdammt gute Hebamme, aber nicht sehr belastbar. Mit ihrer ab und an durchscheinenden Hilflosigkeit weckt sie immer wieder meinen Beschützerinstinkt.

Und manchmal schafft sie es sogar, mich zu etwas zu überreden.

„Ich übernehme keine Betreuung von Neuschwangerschaften mehr, Hedi", hatte ich damals gesagt. „Du weißt doch, dass ich gehe."

„Wann war das noch mal?", hatte Hedi leutselig gefragt. „Wann hörst du auf?"

„Mitte August."

Hedi hatte genickt und geseufzt. „Aber guck dir die Frau wenigstens mal an. Sie hat nach dir gefragt. Du bist ihr empfohlen worden. Bitte, Gunn!"

Ich kniff die Lippen zusammen. „Na gut", sagte ich. „Ich seh sie mir an. Aber das ist auch alles."

Als ich die Tür zum Wartezimmer öffnete, glaubte ich im ersten Moment, ein lesbisches Paar vor mir zu haben.

Die blonde, kurzhaarige Frau, die mir nervös vom Sofa aus entgegensah, war eindeutig eine Lesbe. Aber der Typ, der lässig ans Fensterbrett gelehnt dastand, war ebenso eindeutig ein Heteromann.

„Guten Tag", sagte ich und zog die Tür hinter mir zu. „Ich bin Gunn. Ihr wolltet mich sprechen?"

Sie nickte. „Hallo. Ich bin Vera, und das" – sie sah zu ihrem Partner am Fenster hinüber – „das ist Luis, mein Freund."

Ich nickte ihm zu, und er nickte förmlich zurück, einen dunklen Ausdruck in seinen Augen.

„Du bist mir empfohlen worden", sagte Vera. „Eine Freundin von mir hatte dich als Hebamme, vor zweieinhalb Jahren. Vielleicht erinnerst du dich an Sarah Warnke?"

Ich durchkramte mein Gedächtnis, aber der Name blieb ohne Echo. „Wie heißt das Kind?"

„Felix", sagte sie.

Ich weiß nicht, wie vielen Felix' ich in den letzten zehn Jahren auf die Welt geholfen habe. Es müssen an die Hundert gewesen sein.

Die Blonde studierte mein ratloses Gesicht. „Der Junge ist schwarz. Also, halbschwarz natürlich." Sie lächelte verlegen.

„Okay", sagte ich. „Jetzt hab ich's. Der Vater war aus Ghana, nicht wahr?"

„Genau." Sie lächelte wieder. Ihr Lächeln machte sie hübsch, obwohl sie ansonsten nicht besonders gut aussah. Blass, etwas teigige Haut, eng zusammenstehende Augen und eine auffällige Himmelfahrtsnase. Aber ihr Lächeln war hübsch. Allmählich begann sie mir sympathisch zu werden.

„Jedenfalls", sagte sie, „Sarah war so begeistert von dir. Und da dachte ich … dachten wir … Und sowieso …"

Sie sprach, als müsste ich instinktiv wissen, was sie meinte. Aber mit diesem „sowieso" wusste ich nichts anzufangen. Ich sah von ihr zu ihrem Typ. Er lehnte immer noch unbeweglich am Fensterbrett, die muskulösen Arme vor der Brust verschränkt, und blickte aufmerksam zu mir herüber, einen bitteren Zug um den Mund. Ich fragte mich, wie die beiden zusammengefunden hatten. Was in aller Welt hatten diese Lesbe und dieser Macho-Kerl miteinander zu schaffen?

„Tja, tut mir Leid, Vera. Aber ich muss dich enttäuschen. Ich kann keine Betreuungen mehr übernehmen. Mitte August höre ich hier auf. In welcher Woche bist du?"

„In der achtundzwanzigsten", sagte sie unsicher, als hätte sie ihren neuen Zustand noch selbst kaum realisiert, was sicherlich auch der Fall war. Ich rechnete nach.

„Das wird knapp", sagte ich und hob bedauernd die Schultern. „Zu knapp, nehme ich an. Tut mir Leid. Ich kann euch aber wirklich ein paar sehr gute Kolleginnen empfehlen."

Vera schwieg und sah auf ihre gefalteten Hände herab. Ich blickte zu Luis. Er starrte mich an, immer noch diesen dunklen Ausdruck in seinen Augen. Plötzlich begriff ich, was es war. Traurigkeit. Dieser Mann da drüben war traurig und versuchte es zu verbergen.

Irgendwo hupte ein Auto. An der Tür klingelte es. Im Flur näherten sich Schritte. Dann war Stimmengemurmel zu hören, das sich langsam entfernte, bis es verklang.

Vera betrachtete ihre Fingernägel. Luis starrte mich immer noch an. Dann senkte er langsam den Kopf.

Einen Moment lang war es ganz still. Dann hörte ich mich sagen: „Okay, ich mach es." Ich sah das erleichterte Lächeln, mit dem Luis seine Stiefel bedachte. An der Tür klingelte es erneut. „Aber wenn das Kind bis Mitte August nicht auf der Welt ist", fügte ich hinzu, „übernimmt jemand anders. Überlegt euch das gut."

„Das brauchen wir nicht", sagte Vera. „Wir haben schon genug überlegt."

Warum manche gerade mich wollen? Genau weiß ich es natürlich nicht, aber vielleicht ist es meine robuste, zupackende Art, die einige anspricht.

Viele bevorzugen zarte, sanfte Stimmen, ebensolche Hände, fließende Gesten, beruhigendes Gemurmel aus weichen Mündern.

Ich habe nichts dergleichen zu bieten. Das Leben ist nicht so, finde ich. Und ich bin auch nicht so. Die Kinder, die ich auf die Welt zu bringen helfe, werden mit Schwung empfangen.

Sie sollen es ruhig wissen. Von Anbeginn an. Und möglichst schon vorher.

Nicht alle kommen mit meiner Art zurecht. Aber manchen hilft sie, sich fallen zu lassen. Ich weiß, dass ich etwas an mir habe, das die Frauen dazu bringt, mir zu vertrauen, sich in meine Hände zu begeben. Wenn ich sie untersuche, liegen sie dann ruhig da, mit geschlossenen Augen, und vertrauen darauf, dass ich ihnen helfe und für sie sorge. Und das versuche ich auch. So gut ich es kann.

In meinem Briefkasten stecken ein paar Umschläge. Ich stopfe sie mir hinten in die Hosentasche und laufe in flottem Tempo die Treppen hinauf. Mein tägliches Training, besonders dann, wenn ich es nicht ins Sportstudio schaffe. In dieser Woche war ich kein einziges Mal dort.

Meine Wohnung ist ruhig und angenehm kühl. Trotzdem reiße ich die Fenster auf und bleibe davor stehen. Weit hinten versinkt der glutrote Sonnenball über der Stadt. Von unten dröhnt das Rattern der S-Bahn zu mir hoch. Ich atme tief ein. Es riecht nach Staub, mit einem Hauch von Gras.

Trockenem Gras. Zum ersten Mal an diesem Tag kann ich mein eigenes Herz klopfen spüren.

Als ich die Post auf den Küchentisch werfe, rutscht zwischen den Rechnungen und Reklamesendungen eine Ansichtskarte hervor. Ich nehme sie hoch.

Eine langbeinige Blondine räkelt sich verführerisch auf goldgelbem Strand, nur mit einem knappen Bikini bekleidet. Einen Moment lang sehe ich Tanjas Lächeln vor mir, dann wische ich es fort und betrachte die Karte genauer. Der Bikini zeigt das Muster der schwedischen Fahne. Schmunzelnd drehe ich die Karte um.

Hej, Gunn! Da siehst du, was du verpasst hast, weil du mich nie hier besucht hast. Aber jetzt ist es zu spät. Ich komme Ende des Monats zurück. Freue mich auf dich – Bo

In der Ecke steht ein eilig hingekritzelter Nachsatz, den ich kaum entziffern kann. Dann doch: *Besorg mir schon mal 'nen Kerl zum Eingewöhnen, ja?*

Ich lege die Karte zurück und sehe wieder zum Fenster. Bo kommt also endlich zurück. Fast drei Jahre war er jetzt da oben und nur zweimal zwischendurch in Berlin. Gelegentlich haben wir miteinander gesprochen, aber nicht oft. Wir telefonieren beide nicht gerne. Briefeschreiber sind wir leider allerdings auch nicht.

Weit hinten ist die Sonne jetzt fast ganz hinter den Dächern verschwunden. Einen Moment lang habe ich das Gefühl, dass sie mich alleine zurücklässt. Ich frage mich, wo Greta wohl steckt. Zu Hause vermutlich, mit Dolly vielleicht. Und dann frage ich mich, was Inga gerade macht. Und ob Rasmus schläft, zwischen Luis und Vera gebettet, die selbst im Schlaf über ihn wachen.

Wo Kim ist, weiß ich genau.

Ein Zucken geht durch meinen Bauch, als ich an sie denke. Ich sehe zur Uhr. Kurz vor halb zehn. Eine günstige Zeit. Im *Dornbusch* ist noch nicht allzu viel los. Wenn ich mich mit dem Duschen beeile, schaffe ich es locker bis halb elf.

Die letzten Tage stecken mir in den Knochen. Ich bin unruhig und müde zugleich, und eigentlich brauche ich Schlaf. Aber das kann noch warten.

Ich ziehe den Pieper von meinem Gürtel und lege ihn auf den Tisch. Ich werde nicht lange fort bleiben.

Es ist doch nach elf, als ich im *Dornbusch* ankomme. Ich habe lange unter der Dusche gestanden und das laute Prasseln des lauwarmen Wassers genossen. Manchmal beruhigt mich das, manchmal regt es mich an. Heute machte es beides mit mir, und das dauerte länger.

Vor dem Eingang hängen ein paar schwule Youngster herum und beäugen sich gegenseitig. Ein Lesbenpärchen knutscht selbstvergessen am Straßenrand, und drei südländisch aussehende Touristen, Spanier vielleicht, blättern in ihrem Reiseführer, während sie mit einer Mischung aus Misstrauen und Neugier die Fassade des *Dornbusch* betrachten. Maik, einer der Barmänner, steht breitbeinig und mit verschränkten Armen in der Tür und beobachtet mit unbewegter Miene das rege Treiben auf der Oranienstraße. Als er mich sieht, verzieht sich sein breiter Mund zu einem erkennenden Lächeln.

„Hi, Maik. Schon was los?" Ich schiebe mich an ihm vorbei.

Er zuckt mit den Achseln. „Lauter Touristen. Sommer, du weißt schon." Er nickt zu den Spaniern, die sich jetzt lautstark beratschlagen.

„Wetten, die gehen weiter ins *SO*?"

Er grinst. „Wette dagegen. Zwei Euro?"

„Lieber ein Bier."

Wir sehen zu den Spaniern hinüber. Der Größte von ihnen klappt den Reiseführer zusammen, schüttelt den Kopf und deutet aufs *SO*. Dann geht er los. Die anderen folgen ihm schweigend.

„Shit", sagt Maik grinsend. „Na, willst du ein Bier?"

„Ich komm drauf zurück."

Drinnen ist es erstaunlich voll. Normalerweise beginnt die Stoßzeit im *Dornbusch* erst weit nach Mitternacht, aber schon jetzt ist die Bar gut gefüllt. Am dicht besetzten Tresen drängen sich die Gäste, und als ich einen Blick in den hinteren Raum werfe, sehe ich auch dort zahlreiche Gestalten rund um die Tanzfläche und an der hinteren Bar. Ich schlucke einen Anflug von Ärger hinunter. Ungünstig, klar. Aber auch das hat seinen Reiz. Wieder zuckt es in meinem Bauch.

Ich lehne mich gegen die Wand und sehe zum Tresen. Kim steht dahinter und gießt Tequila in Gläser, mit dem Rücken zum Eingang. Im dunkel getönten Spiegel sehe ich ihr konzentriertes Gesicht. *Café del Mar* perlt über ihr aus den Boxen, tropft in das Stimmengewirr.

Kim greift nach oben, ihr sehniger Arm zieht eine Flasche aus dem Regal. Dann beugt sie sich vor, und ihr Gesicht verschwindet hinter den Gläsern. Ich hole tief Luft.

Die Musik macht eine Pause. Jemand lacht laut, neben mir zischt ein Feuerzeug. Dann setzt ein melodiöser Bass ein, und Kims Gesicht taucht wieder im Spiegel auf. Eine Junglesbe, die lauernd neben ein paar Ledermännern am Tresen hängt, versucht ihren Blick aufzufangen, aber Kim ignoriert sie.

Wieder einmal versuche ich, genauer zu spüren, was ich für sie fühle. Zuneigung. Wärme – und auch einen Teil echte Faszination. Der Rest ist verschwommen. Nur die Lust sticht deutlich daraus hervor. Aber das ist ja klar.

Kim sieht klasse aus. Etwas größer als ich, sehr schlank, dunkelhaarig, mit dunklen Augen und einer auffälligen Narbe über dem rechten Mundwinkel. Sie hat ziemlich lange gebraucht, um mich auf sich aufmerksam zu machen. Aber sie hat es geschafft. Irgendwann konnte ich ihren auffordernden Blick nicht mehr ignorieren.

„Hier. Zum Wohl!" Maik drückt mir ein eiskaltes *Becks* in die Hand, nickt mir zu und geht zum Tresen.

Als er sich an Kim vorbeischiebt, blickt sie auf und entdeckt mich im Spiegel. Einen Moment verharrt sie mitten in der Bewegung, dann lächelt sie leicht und senkt wieder den Kopf. Aber ich habe das Glimmen in ihren Augen gesehen.

Um mich herum wird es voller und voller. Zunehmend strömen die Gäste herein, Schwule jeglicher Couleur, aufgedonnerte Transen, ein paar Lesben, viele Touristen. Kim hat mächtig zu tun. Geduldig sehe ich zu, wie sie Gläser füllt und Flaschen über den Tresen schiebt, während die Spannung in meinem Bauch zusehends wächst. Kims Bewegungen sind lässig, sie weiß, dass ich sie taxiere. Ab und zu sieht sie zu mir herüber, jedes Mal zieht ein verhaltenes Lächeln über ihr Gesicht.

Auch Maik blickt ein- oder zweimal zu mir her. Ich weiß, dass er genau verfolgt, was passiert. Und das gefällt mir.

Irgendwann dreht der DJ im hinteren Raum den Sound auf, und die Touristen drängen hinüber. Der Tresen lichtet sich rasch, bevor neues Volk nachströmt, nur für ein paar Minuten, das kenne ich schon. Aber die müssen reichen.

Ich stelle mein leeres Bier auf den Tisch und stoße mich von der Wand ab. Kim dreht sich um und sieht mich an. Unsere Blicke verhaken sich ineinander. Ich stecke die Hände in meine Hosentaschen und starre sie an. Dann nicke ich zum Flur hinüber.

Selbst in der schwachen Beleuchtung sehe ich, dass Kim errötet. Langsam stellt sie die Bierflaschen ab, die sie gerade aus dem Kühlschrank geholt hat. Dann beugt sie sich zu Maik, flüstert ihm etwas ins Ohr und kommt um den Tresen herum auf mich zu. Wortlos geht sie an mir vorbei, nur das Flackern in ihren Augen verrät sie. Bevor ich ihr folge, sehe ich, dass Maik sich umgedreht hat und zu uns hersieht. Auch die Junglesbe auf dem Hocker gafft uns nach, allerdings, ohne zu kapieren, was vor sich geht. Unwillkürlich muss ich lächeln. Unschuldige Jugend.

Kim geht dicht vor mir her durch den lang gestreckten Flur, in ihrer typisch aufrechten Haltung. Ein paar Transen treten zur Seite, als wir vorbeikommen, und zwei kräftige Schwule in Chaps machen uns Platz. Kims Status als Barfrau verleiht ihr Respekt, unwillkürlich teilt sich die Menge, wenn sie das *Dornbusch* durchquert. Das amüsiert mich jedes Mal wieder.

Dann sind wir auch schon bei den Toiletten. Kim lässt sie links liegen und zieht die Tür zum Lagerraum auf. Als sie hineingeht, greife ich nach ihr und drehe sie zu mir herum. Bevor die Tür hinter mir zufällt, stemme ich einen Fuß in die Öffnung. Ich will ihr Gesicht sehen.

Kim kneift die Augen zusammen, das Licht aus dem Flur scheint sie zu blenden. „Gunn. Schön, dich zu sehen."

„Das will ich hoffen." Meine Hand liegt locker auf ihrer Hüfte, mein Daumen drückt sich leicht in ihren Bauch. Sie ist mir so nah, dass ich sie riechen kann. Von Anfang an hab ich ihren Duft gemocht.

„Aber natürlich", sagt Kim. Die Narbe über ihrem Mundwinkel zuckt. Ich beuge mich vor und lecke mit der Zungenspitze darüber. Kim stößt überrascht die Luft aus. Ihre Augen leuchten im Schatten.

„Wie geht's meiner Kleinen?", frage ich leise.

Kim sieht auf meinen Mund. „Ich bin nicht deine Kleine", antwortet sie langsam.

Ich drücke meinen Daumen tief in ihren Bauch und ziehe sie blitzschnell am Kragen zu mir heran. „Bist du doch", flüstere ich ihr ins Gesicht. „Und ob du das bist."

Kim nickt atemlos. „Okay", flüstert sie zurück. „Ich bin deine Kleine, okay." Das Leuchten in ihren Augen schießt mir bis in den Bauch. Und noch tiefer.

Ich setze den Fuß vor, und die Tür fällt hinter uns zu.

Schwaches Laternenlicht scheint von draußen durch ein winziges, vergittertes Fenster in den vollgestellten Lagerraum. Prall gefüllte Regale reihen sich an den Wänden bis zur Decke, in den Ecken stehen Kisten, mannshoch übereinander gestapelt. Neben der Tür ist ein Waschbecken befestigt; jetzt, da der Lärm aus dem Flur verebbt ist, höre ich das Tropfen des undichten Hahnes.

Kim steht bebend vor mir. Mit schnellen Zügen atmet sie ein und stößt die Luft wieder aus. Ich kann ihre Aufregung spüren. Sie wartet. Sie wartet auf mich. Auf das, was ich mit ihr tue. Kim wartet auf meine Wünsche.

Und auf meine Befehle.

„Dreh dich um", sage ich ruhig. Kim stößt wieder die Luft aus, dann dreht sie sich um. Ich trete dicht an sie heran.

„Heb die Arme über den Kopf", flüstere ich.

Kim hebt die Arme und verschränkt ihre Hände im Nacken. Blind greife ich nach ihrem Hosenbund und öffne die Knöpfe ihrer Hose. Zwei, drei schnelle Bewegungen, und schon rutscht ihr der dünne Stoff über die Hüften. Kims Bizeps zittert, als sie den Kopf nach hinten legt und ihre Lippen meine Wange berühren.

Ich weiche ihr aus. „Hab ich das erlaubt?", frage ich rau.

„Nein", flüstert Kim und dreht den Kopf nach vorn. Meine Hände gleiten unter ihr eng anliegendes Hemd und schmiegen sich um ihre Brüste. Sie sind nicht gerade groß, aber durchaus wohl geformt. Wie Kims ganzer Körper.

Nur dünner dürfte sie nicht werden, sonst verlöre sie an Substanz. Ohnehin ist sie hart an der Grenze dazu.

Aber das hat andere Gründe.

Meine rechte Hand tastet wieder hinab, während ich Kims Atem lausche. Als ich in ihren Slip gleite und tiefer, zwischen die Beine, wird er ruckartig schneller. Instinktiv beugt sie sich vor, aber mein linker Arm presst sie fest an mich.

„Halt still", sage ich scharf. Augenblicklich gehorcht sie. Meine Finger schieben sich zwischen ihre Lippen, spreizen sie leicht auseinander. Kim ist frisch rasiert. Und sie ist feucht.

Meine Fingerspitzen drücken fest zu. Wie von selbst rutsche ich in sie hinein. Kim stöhnt auf, und ich muss grinsen. Ich ziehe meine Finger wieder zurück, spreize sie weit auseinander und schiebe sie dann langsam zusammen. Kims geschwollene Klitoris klemmt pochend dazwischen, und erneut krümmt sie sich nach vorn. Ich lasse sie los und trete zurück.

„Bitte!", flüstert sie gequält. „Bitte, mach weiter!"

Statt einer Antwort gehe ich leicht in die Knie. Ein heißer Schmerz schießt durch meine Hüfte, schraubt sich die Wirbelsäule empor, bevor er verfliegt, noch ehe ich erschrocken einatmen kann. Kims Rücken ragt schemenhaft vor mir auf, ihr Hinterkopf schmiegt sich in ihre eigenen Hände. Ihr Körper erzittert.

„Bitte, Gunn!", flüstert sie wieder.

Ich lächele in die Dunkelheit hinein, während ich ein Kondom aus meiner hinteren Hosentasche ziehe, die Verpackung lautlos mit den Zähnen aufreiße und es mir über die drei mittleren Finger der rechten Hand streife. Nichts wäre schlimmer für Kim, als wenn ich jetzt tatsächlich aufhören würde. Ich hab es ein paarmal getan. Aber heute ist mir nicht danach. Glück für Kim. Glück für mich.

Ich schiebe ihr langsam ein Bein zwischen die Knie und drücke sie leicht auseinander, und dann, für Kim völlig abrupt, schlinge ich einen Arm um ihre Taille und stoße ihren Oberkörper nach vorn. Überrascht keucht Kim auf, greift nach dem nächstbesten Regal und hält sich daran fest. Ich gehe erneut leicht in die Knie und setze an. Und dann bin ich in ihr.

Kim keucht wieder, als ich beginne, zu stoßen, langsam erst und dann schneller. Als sie aufstöhnt, halte ich inne. Kim verstummt folgsam; sie weiß sofort, was ich will.

Ich lasse sie warten, bis sie fast unmerklich zu wimmern beginnt. Schließlich hab ich ein Einsehen mit ihr.

Nichts ist zu hören, nur Kims unterdrücktes Stöhnen und das Klirren der Gläser auf dem Regal, an dem sie sich festhält.

Und meinen eigenen Atem, den höre ich auch.

Kim ist heiß und unglaublich feucht. Obwohl sie sich eng macht, gleiten meine Finger mühelos bis zum Anschlag in sie hinein. Mein Daumen und der kleine Finger bilden eine natürliche Barriere, die Kim mit ein paar drängenden Bewegungen zu überwinden versucht. Aber vergebens. Ein andermal gern, aber nicht heute. Und auch nicht hier, zwischen Flaschen und Feudeln, das unsichtbare Ticken der Uhr im Genick. Wir haben nicht viel Zeit, Kim muss bald zurück an den Tresen.

Aber sie braucht auch nicht lange. Ich kann spüren, dass sie bald kommt; ein kaum hörbares Knurren in ihrer Kehle, ein ununterdrückbares Seufzen, das sich zwischen ihre gepressten Atemzüge stiehlt. Ich reibe mich an ihrem Hintern und spüre die Hitze zwischen meinen eigenen Beinen. Noch zwei, drei Stöße, dann ist sie so weit. Mein Unterleib zieht sich zusammen.

Im letzten Moment lege ich meinen Arm fester um ihren Bauch und ziehe sie ganz eng an mich heran. Kim stößt die Luft aus, dann zuckt sie heftig zusammen und erstarrt in meinem Arm. Nur der Muskelring um meine Finger bewegt sich, krampft sich fest um sie herum, noch einmal, wieder. Dann, schließlich, erschlafft er, und mit ihm erschlafft Kim.

Seufzend lässt sie das Regal los und legt den Kopf nach hinten, bis ihre schweißnasse Wange die meine berührt. Ich lasse sie gewähren.

Kim beugt sich noch weiter nach hinten. „Ich hab dich vermisst", flüstert sie mir zitternd ins Ohr.

Ich schließe die Augen. Ich antworte nicht.

Stattdessen schlinge ich die Arme um Kim und drücke sie an mich. Ein Stich geht durch meinen Rücken.

Als ich gehe, treffe ich Maik an der Tür.

„Nächstes Mal beeilt ihr euch aber ein bisschen", sagt er und nickt zu Kim hinüber, die seit ein paar Minuten wieder hinter dem Tresen steht. Nur ihre leicht geröteten Ohren verraten ihre Erregung, die jetzt langsam verlischt. Der rothaarigen Lesbe auf dem Barhocker vor ihr ist das egal. Sie himmelt Kim an und hat Glück, denn Kim lächelt flüchtig. Aber ihr Lächeln, das weiß ich, gilt mir.

„Du klaust uns die Kundschaft, Gunn", sagt Maik und lässt sein Kaugummi platzen. „Die Weiber wollen Kim und nicht mich. Also, nächstes Mal ..."

„Ich werde es bedenken." Ich schenke ihm ein vages Grinsen. Er grinst zurück.

„Und noch was", sagt er und deutet mit dem Daumen über seine Schulter. „Du schuldest mir noch zwei Euro. Wir haben nämlich ein Patt. Guck mal, wer da ist."

Ich luge über seine Schulter. Erst weiß ich nicht, wen er meint. Dann seh ich die Spanier. Sie stehen zu dritt am Eingang zum hinteren Raum und sehen sich um. Einem hängt die Kinnlade runter. Der Große blickt ziemlich verkniffen. Aber der Dritte wirkt völlig begeistert. Das Lächeln in seinem Gesicht ist wie festzementiert.

Ich fische ein Zwei-Euro-Stück aus meiner Tasche und drücke es Maik in die Hand. „Jetzt sind wir quitt", sage ich. „Pass auf die Kleine auf, ja?"

„Aber na klar doch. Was is 'n das?" Maik tippt auf die eine Ecke der Tätowierung, die knapp unter meinem Ärmel hervorsieht.

Ich ziehe den Ärmel ein Stück nach oben. Maik runzelt die Stirn.

„Das, was du drin sieht", sage ich. „Ciao, Maik. Bis demnächst." Ich nicke ihm zu und und setze mich in Bewegung.

Drüben beugt sich Kim über den Tresen und versucht, zu verstehen, was ein Gast ihr ins Ohr schreit. Ihr Gesicht wirkt immer noch völlig entspannt. Wie beseelt.

Ich wünschte manchmal, ich könnte sie lieben.

Dienstag

Der Tag beginnt zäh wie Kaugummi. Um halb neun werde ich vom Pieper geweckt. Rosas Baby hat Gelbsucht entwickelt, wie zu erwarten. Ich fahre vorbei und sehe nach dem Rechten. Danach geht es so weiter, ein Besuch folgt dem andern, nichts ist wirklich dringend, aber jede der Frauen will meinen Rat. Und hat ein Anrecht darauf.

Mittags bin ich ziemlich erschöpft. Die Hitze setzt mir zu. Über der Akazienstraße flimmert die Luft. Bei *Habibi* esse ich einen Falafel. Dann sehe ich auf die Uhr.

Kathrin ist zu Hause. Sie hat mich zwar nicht angerufen, aber ich war gerade ganz in der Nähe.

Die Wohnung ist still, viel zu still. Kathrin trägt eine geblümte Bluse und einen neuen Haarschnitt.

„Gut siehst du aus", sage ich, aber sie nickt nur zerstreut.

„Setz dich doch, Gunn. Schön, dass du vorbeikommst." Sie bietet mir Wasser an und schenkt sich selbst ebenfalls ein Glas ein. Eine Weile dreht sie es in den Händen, dann stellt sie es ab, ohne auch nur daran genippt zu haben.

Mit gefalteten Händen sitzt sie mir gegenüber und sieht mich erwartungsvoll an. Wie immer mache ich den ersten Schritt. An dem Tag, an dem Kathrin ihn macht, werde ich wissen, dass sie anfängt zu gesunden.

„Wie geht es dir?", frage ich.

„Gut", sagt sie und nickt. Obwohl sie mich unverwandt ansieht, habe ich den Eindruck, dass sie meine Frage nicht verstanden hat.

„Hast du von Jens gehört? Hat er sich mal gemeldet?"

Kathrin zuckt mit den Achseln. Ihr Mund wird ganz schmal. „Möchtest du einen Tee?", fragt sie leichthin.

Ich trinke selten Tee, aber bei Kathrin nehme ich ihn immer. Sie braucht die beruhigende Betriebsamkeit, die das Zubereiten des Tees mit sich bringt. Wenn ich ihr dabei zusehe, wie sie geschäftig Wasser aufsetzt und Teebeutel in die Kanne einhängt, kann auch ich fast den trügerischen Seelenfrieden verspüren, in den diese Handlungen Kathrin versetzen.

Sie findet nicht mehr aus ihrer Trauer heraus. Sie kann sie nur bändigen, manchmal. Teekochen hilft.

Während Kathrin das Wasser aufgießt und zwei Tassen und Zucker bereitstellt, sehe ich mich um.

Überall sind Spuren des Kindes zu finden: der Bärchenaufkleber am Sideboard, eine Holzente auf der Fensterbank, der bunte Becher im Schrank. Von Jens aber ist nichts mehr zu sehen. Selbst den buntbemalten Haken mit seinem Namen an der Garderobe hat Kathrin entfernt.

Es sollten mal drei Haken sein. Jetzt hängt dort nur einer.

Jens ist ausgezogen, kurz nach der Geburt. Aber seine Anwesenheit ist gründlicher getilgt als die des Kindes, das nie hier gewohnt hat.

„Hier, dein Tee", sagt Kathrin und stellt meine Tasse etwas zu hart vor mir ab. Ein wenig Flüssigkeit schwappt über den Rand.

„Oh, tut mir Leid!" Kathrins Stimme schraubt sich in die Höhe.

„Schon gut. Macht nichts, Kathrin."

„Tut mir Leid!", stammelt Kathrin und sinkt auf ihren Stuhl, mit panisch aufgerissenen Augen. Ich beuge mich vor und berühre ihren Arm. Für einen Moment habe ich das Gefühl, nicht atmen zu können vor Mitleid. Dann schlägt Kathrin die Hände vors Gesicht und fängt an zu weinen.

Meine Hand liegt lange auf ihrer Schulter, hebt und senkt sich im Takt ihrer Schluchzer. Nach einer Weile greift Kathrin danach und krallt ihre Finger um meine. Ihr Schluchzen verebbt erst viel später.

„Hast du die Fotos noch?", flüstert sie, als sie sich schließlich die Tränen abwischt.

Ich nicke. „Natürlich. Ich bewahre sie auf. Alles andere auch. Bis du es sehen willst. Und auch darüber hinaus."

Kathrin nickt, lässt mich los und stützt das Gesicht in die Hände. Dann schnieft sie. Das Geräusch hallt in der Wohnung wider, als wäre sie leer.

Als säße hier niemand. Nicht Kathrin, nicht ich. Und auch niemand sonst.

Das Gefühl ist seltsam, wie immer. Ich kann mich nicht richtig daran gewöhnen; jedes Mal wieder habe ich den Eindruck, wie ein Teigfladen angehoben und fallen gelassen zu werden, weil er noch nicht die richtige Konsistenz hat. Trotzdem fühlt es sich angenehm an. Verstörend und beruhigend zugleich. Das liegt natürlich an Inga.

„Tut es besonders hier weh?", fragt sie und drückt knapp oberhalb meines Bauchnabels ihren Zeigefinger in meine Haut.

Ich nicke. Inga sieht über mich hinweg an die Wand, während sie mit konzentriert gerunzelter Stirn meinen Oberbauch abtastet. Dann beginnt sie, meine Haut zu kleinen Wülsten zu formen und zwischen Daumen und Zeigefinger zu rollen. Das Gefühl, ein Teigfladen zu sein, verstärkt sich.

Ich muss lächeln. Für einen flüchtigen Moment sieht Inga gnädig zu mir herunter.

„Alles klar?", fragt sie und zieht eine Augenbraue hoch.

„Jawohl, Ma'm."

Inga lacht nicht. Sie lacht eigentlich nie. Trotzdem weiß ich, dass sie sich jetzt amüsiert, auch wenn ihr rundliches Gesicht unbewegt bleibt. „Dann ist es ja gut", sagt sie ruhig und sieht wieder an die Wand, während sie weiter kleine Teigrollen aus meinem Bauch formt und betastet. Wie so oft betrachte ich in aller Ruhe ihr Gesicht, ihre auffallend hellbraunen Augen, die scheinbar ausdruckslos über mich hinweg starren. Inga ist beileibe nicht mein Typ, aber irgendetwas an ihr gefällt mir sehr.

Seit zwei Monaten gehe ich zu ihr. Vorher bekam ich Massage, Krankengymnastik und Akupunktur, aber erst, seit Inga ihre osteopathischen Künste an mir verübt, werden meine Rückenschmerzen stetig besser.

„Du tust zu wenig für dich", sagt Inga und kneift die Augen zusammen. Sie fixiert einen Punkt an der gegenüberliegenden Wand, während sie zweimal hintereinander mit den Fingerkuppen der rechten Hand in meinen Bauch drückt und dann abrupt loslässt. „Du gibst zu viel raus aus dir. Wird Zeit, dass du pausierst."

„Noch knapp zwei Wochen."

Inga nickt und betrachtet meinen nackten Oberkörper ausgiebig. Ich unterdrücke den Reflex, meine Brüste mit den Händen zu bedecken. „Freust du dich?", fragt Inga und lässt ihren Blick langsam über meinen Bauch wandern.

„Ja und nein", sage ich.

Inga nickt. Dann legt sie eine Hand flach auf meinen Bauch und presst den Ballen hinein. Ich schnappe nach Luft, und Inga verringert den Druck, bevor sie mir sanft auf die Seite klatscht und zurücktritt. „Dreh dich mal um."

Sie kann mein Grinsen nicht sehen, als ich mich wie befohlen auf den Bauch lege. Inga ist die einzige Frau, die mir jemals solche Befehle erteilt hat.

Sie schiebt ihre rechte Hand unter meine Rippen und tastet sich daran entlang, bis sie einen bestimmten Punkt erreicht hat und innehält. Dann drückt sie ganz leicht mit den Fingerspitzen hinein. Sofort habe ich dort ein dumpfes Gefühl, das sich nach ein paar Sekunden in Wärme verwandelt.

„Schläfst du genug?", fragt Inga in meinem Rücken.

Ich brumme und schließe die Augen.

Inga schweigt. Es ist ihre Art, mich Dinge zu fragen, ohne sie zu kommentieren. Das gefällt mir. Ich fühle mich geborgen bei ihr, heimelig, in Ruhe gelassen. Obwohl sie mir so nahe kommt wie kaum jemand sonst.

„Iss nicht so viel Saures im Moment", sagt sie zum Abschied. „Und trink viel. Besonders Wasser." Dann lächelt sie leicht. „Bis Freitag dann, Gunn."

Greta sitzt drinnen, wie meistens. Auch bei strahlendem Sonnenschein zieht sie kühle Innenräume vor; sie behauptet, die Sonne schlecht zu vertragen. Möglich ist es. Ihre Haut jedenfalls ist unglaublich weich und zartweiß wie die eines Mädchens. Dabei ist Greta fast vierzig.

„Hep", sage ich und lasse mich neben sie auf die Sitzbank fallen. Greta schiebt ihre Sonnenbrille nach oben und mustert mich. Ihre hellblauen Augen scheinen im Schatten zu leuchten.

„Du siehst ja richtig entspannt aus. Was ist mit dir denn passiert?"

„Ich war bei Inga." Ich drücke ihr einen Kuss auf die Wange und winke dem glatzköpfigen Kellner, der träge zu uns herüberschlurft. Er ist neu hier, ich hab ihn noch nie gesehen.

„Was darf's sein?", schnarrt er.

„Eine Cola, ein Latte macchiato, ein Wasser."

Er nickt und schlurft wieder davon, und Greta zieht eine Braue nach oben. „Ist das nicht ein bisschen wenig zu trinken? Wie wär's mit 'ner Apfelschorle dazu?"

„Ach, wenn du sie spendierst, dann sag ich nicht nein."

„Na, danke", sagt Greta und lächelt. Ich lächele zurück.

Greta und ich sind beste Freundinnen, seit langer, sehr langer Zeit. Wir haben vieles zusammen erlebt, wilde Zeiten und ruhige, Höhen und Tiefen, Kummer und Glück. Nur im Bett waren wir nicht miteinander. Und das soll auch so bleiben. Obwohl Greta die attraktivste Frau ist, die ich kenne. Und die coolste dazu. Sie behauptet das Gleiche von mir, aber ich weiß, dass ich Recht hab und nicht sie.

Ich werfe meinen Pieper auf den Tisch und strecke mich. „Und, wie geht's dir so?"

„Bestens", sagt Greta. „Wenn ich frei hab, geht es mir doch immer hervorragend."

„Wie steht es mit Dolly?"

„Genauso." Greta lächelt verschmitzt. „Hält sich wacker, die Kleine."

Dolly ist knapp über zwanzig, seit gut einem Jahr Gretas Geliebte und ziemlich heiß drauf. Nur ihr Name ist Scheiße.

„Und du?", fragt Greta. „Wie läuft es mit Kim?"

„In Ordnung. Wie immer."

Greta nickt und schiebt ihre Sonnenbrille nach hinten in ihr zurückgegeltes Haar. Die Geste erinnert mich an jemanden. Nach einem Moment fällt mir auch ein, an wen. Tanja. Ein Schauder durchfährt mich. Ich werde sie anrufen. Morgen vielleicht.

„Gunn. Ist was im Busch?" Greta kennt mich sehr gut.

„Mal sehen", sage ich ruhig.

Greta beugt sich vor und kneift interessiert die Augen zusammen. „Wer ist es?", fragt sie gespannt.

„Ich erzähl's dir, wenn's so weit ist."

„Immer das Gleiche", murrt Greta, aber sie hakt nicht weiter nach. Stattdessen deutet sie mit dem Kinn auf den Pieper. „Hast du etwa Bereitschaft? Ich dachte, wir gehen später noch aus?"

Ich schüttele den Kopf. „Ich hab keine Bereitschaft. Aber ich hatte vorgestern zwei Erstgeburten. Sicher ist sicher. Frische Eltern sind so ängstlich."

„Luis auch?"

Greta kennt Luis vom Sehen, aus der Szene. Ich hab ihn nie vorher gesehen, und das wundert mich immer noch sehr. Bei Vera kann ich das verstehen; für sie hätte ich ohnehin kein Auge gehabt. Aber bei Luis ... Wir müssen uns viele Male über den Weg gelaufen sein. Schon komisch, das Ganze.

„Luis macht sich echt gut. Der Kleine kommt ganz nach ihm."

Greta lacht, und ich lache auch. Einen Moment betrachten wir uns gegenseitig voller Zuneigung, dann kommt der Kellner mit meinen Getränken angeschlurft, und ich spüre plötzlich, wie durstig ich bin.

„Ich weiß trotzdem nicht, warum du diese coole Stelle da aufgibst", sagt Greta, plötzlich ernst geworden. „Du liebst deinen Job. So richtig versteh ich es nicht, Gunn." Nachdenklich sieht sie zu, wie ich mein Wasser hinunterstürze.

„Ich hab es dir schon zigmal erklärt."

„Erklär's mir noch mal."

„Ich brauch einfach eine Auszeit. Ich ..." Ich zucke mit den Achseln und umfasse mein Kaffeeglas.

„Du willst dich neu orientieren", sagt Greta.

Ich nicke vage. Ich habe wirklich Schwierigkeiten, es zu erklären, aber in den letzten Monaten verspüre ich ein Gefühl der Beengtheit, das sich zunehmend verdichtet. An sich hat Greta Recht; ich liebe meinen Job wirklich, ich mag, es Kindern auf die Welt zu verhelfen, ihren Müttern die Schmerzen zu lindern und Ängste zu nehmen. Ich fürchte mich noch nicht einmal vor Komplikationen. Und trotzdem brauche ich eine Pause. Etwas muss anders werden. Vieles sogar. Mein Leben ist wie ein zu eng gewordenes Kleid. Niemand sieht, dass es spannt, aber ich fühle es .

„Hast du schon überlegt, was du machst?"

Ich zucke mit den Achseln. „Vielleicht fahre ich weg."

Greta betrachtet mich zweifelnd, dann nimmt sie die Sonnenbrille aus ihrem Haar und legt sie auf den Tisch. „So", sagt sie. „Vielleicht fährst du weg. Vielleicht aber auch nicht. Ach, Gunn, überleg dir die Sache einfach noch mal."

„Mach ich doch ständig."

Einträchtig schweigend sitzen wir nebeneinander und betrachten das geschäftige Treiben auf der Oranienstraße vor uns, während ich abwechselnd von meinem Kaffee und der eiskalten Cola nippe. Als mein Pieper losgeht, schrecken wir gleichzeitig hoch.

Ich greife danach und sehe die Nummer. Rosa, schon wieder.

„Wichtig?", fragt Greta.

„Kann sein, dass ich weg muss."

„Scheiß-Pieper!", sagt Greta und seufzt. „Wenigstens das ist dann erst mal vorbei."

Ich schiebe den Tisch vor. „Genau", sage ich und stehe auf. „Wenigstens das. Siehst du, alles hat auch sein Gutes."

„Aber ausgehen wirst du trotzdem mit mir!", ruft Greta mir nach. „Wenn nicht heute, dann in den nächsten Tagen!"

Spät an diesem Abend fahre ich wieder die Oranienstraße hinunter, zum dritten Mal an diesem Tag. Vorm *Dornbusch* bremse ich ab. Der Laden ist leer, er macht erst um neun auf. Dennoch brennt bereits Licht. Durch die große Frontscheibe kann ich Kim sehen, die hinter dem Tresen steht und Flaschen sortiert.

Einen Moment bin ich unschlüssig, aber dann gebe ich Gas. Zu Hause wartet mein Bett auf mich.

Und meine Gedanken, die warten auch.

Der Pieper hängt an meinem Gürtel, ich kann sein Gewicht spüren. Ich bin versucht, ihn auszuschalten, aber ich lasse es lieber. Greta hat Recht. Bald wird es vorbei sein, dieses zeitweilige Leben auf Abruf, egal, wo ich bin und was ich tue. Und manchmal ist es ein Lauf gegen die Zeit.

Bald wird das vorbei sein. Aber ich weiß nicht so genau, ob mir das gefällt.

II

Mittwoch

„Geht es ihm gut?", fragt Luis besorgt, als ich eine frische Mullbinde über Rasmus' Nabelschnur lege und vorsichtig seine Augen untersuche. Der Kleine gurrt fröhlich und strampelt mit Armen und Beinen.

„Wunderbar geht's ihm. Möchtest du ihn wickeln?" Ich trete vom Wickeltisch zurück und sehe zu, wie Luis Rasmus' Füße zwischen die Finger nimmt und ihn hochhebt, genau so, wie ich es ihm gezeigt habe. Verdutzt starrt der Kleine seinen Vater aus großen Augen an, während Luis ihm gekonnt die Windel um den Po legt und ihn mit zwei, drei schnellen Handgriffen verpackt.

„So!", sagt Luis zufrieden und sieht nicht ohne Stolz zu mir her.

„Klasse. Und wenn du jetzt Zeit hast, Luis, dann nimm Rasmus ruhig mal mit auf den Balkon und halte ihn ein bisschen in die Sonne. Das ist gut gegen die Gelbsucht."

„Gelbsucht?", fragt Luis schockiert. Er betrachtet Rasmus irritiert, sieht zu mir und dann wieder zu Rasmus. „Rasmus hat Gelbsucht?"

„Brrffft", macht Rasmus und tritt mit dem rechten Bein hoch in die Luft.

„Das ist nicht schlimm, Luis. Viele Neugeborenen haben Gelbsucht. In ein paar Tagen ist es wieder vorbei. Ein bisschen Sonne, und damit hat es sich. Wenn nicht, helfe ich nach."

„Ojoijoi", brummt Luis beunruhigt. „Und ich soll ihn einfach so in die Sonne halten?", fragt er, nicht ganz überzeugt.

„Keine Sorge, das tut ihm gut. Nur ein paar Minuten. Aber pass auf, dass seine Augen nicht geblendet werden."

„Und wenn ich ihm eine Sonnenbrille aufsetze?", schlägt Luis vor und nimmt Rasmus hoch. Rasmus hickst und spuckt ein wenig Milch auf Luis' Schulter. Luis kneift die Lippen zusammen und seufzt. „Das ist jetzt das dritte Mal heute", sagt er und versucht, an Rasmus' wackelndem Kopf vorbei auf den Fleck zu sehen.

„Ich würde dir empfehlen, immer eine Stoffwindel über die Schulter zu legen", sage ich. „Dann spart ihr Waschpulver. Und die Sonnenbrille, die kannst du dir auch sparen. So kleine gibt es noch nicht auf dem Markt." Ich lächele Luis an, und Luis lächelt zurück, bevor er Rasmus aus dem Badezimmer trägt.

Lisa, die Haushaltshilfe, steht in der Küche am Herd und nickt mir zu, als ich hineinkomme.

„Hi, Lisa. Alles in Ordnung?"

Sie nickt wieder. „Ja, alles in Ordnung. Wie war das noch, Blumenkohl soll ich nicht, oder?"

„Nichts, was blähen könnte. Das ist schlecht fürs Stillen."

„Genau", sagt Lisa. „Genau." Sie beugt sich wieder über den Kochtopf. Als sie umrührt, zischt es, und der Duft von frisch gebratenem Gemüse steigt auf.

Lisa ist ziemlich wortkarg, aber viele frisch gebackene Mütter wissen das durchaus zu schätzen. Ich hoffe, Vera gehört dazu.

Sie liegt mit halbgeschlossenen Augen im Wohnzimmer auf dem Sofa und hört leise Musik. Argentinischen Tango, für den sie eine Vorliebe hat. Ich erkenne die CD. Vor Rasmus' Geburt, während der ersten Stunden im Geburtshaus, hat Vera sie ebenfalls gehört. Ich könnte wetten, dass sie eine sehr intensive Erinnerung an eine frühere Liebschaft damit verbindet; ihr selbstvergessener, fast schmerzlich wirkender Gesichtsausdruck verrät es mir.

Aber natürlich werde ich das nie erfahren. Ich mag Vera, aber sie gehört nicht zu den wenigen Wöchnerinnen, mit denen sich ein enges Vertrauensverhältnis entwickelt. Wenn das hier vorbei ist, werde ich mich eines Tages nur noch vage an sie erinnern. Anders als an Luis. An ihn werde ich denken.

Vera schlägt die Augen auf und lächelt schwach. „Hallo, Gunn." Sie rutscht ein wenig zur Seite, und ich setze mich neben sie.

„Wie geht es dir?"

„Gut", sagt sie. „Müde. Ich bin sehr, sehr müde. Wie ausgelaugt."

„Du hast ja auch sehr viel mitgemacht. So eine Geburt ist ein unglaublicher Kraftakt."

Vera nickt, greift zur Fernbedienung und drückt eine Taste. Die Musik verstummt.

„Und manchmal könnte ich die Wände hochgehen, dann wieder muss ich grundlos heulen", sagt sie. „Meinst du, ich hab eine Wochenbettdepression?"

Ich betrachte ihr ernstes Gesicht. „Nein, das meine ich ganz und gar nicht. Deine Hormone müssen sich einfach wieder umstellen. Du bist wie ein kleines Boot in der Badewanne. Jemand hat das Wasser rausgelassen, jetzt fließt es ab, und du tanzt wie wild auf dem Strudel. Irgendwann landest du sanft."

Vera lacht in sich hinein. Ich lausche einen Moment auf die Stille im Zimmer, aber eigentlich lausche ich auf Vera. Kindsbettdepressionen sind selten, aber gefährlich. Ich habe nicht den Eindruck, dass Vera gefährdet ist. Aber irgendetwas ist trotzdem nicht in Ordnung mit ihr. Das muss ich im Auge behalten.

„Wie geht es mit dem Stillen?", frage ich, und Vera scheint froh zu sein, über etwas Praktisches sprechen zu können. Sie setzt sich aufrecht hin.

„Rasmus sieht immer so angestrengt aus, wenn er saugt. Ich sorge mich ein bisschen, dass er nicht genug kriegt", sagt sie.

„Doch. Er ist bestens genährt und nimmt zu, wie es sein soll. Keine Sorge. Darf ich die Brust bitte mal sehen?"

Bereitwillig knöpft Vera ihren Still-BH auf und zeigt mir ihre Brüste. Als ich sie vorsichtig untersuche und schließlich beide für in Ordnung befinde, ist plötzlich ein verschämtes Lächeln auf Veras Gesicht. Unsere Blicke treffen sich, und für einen Moment kann ich zusehen, wie der lesbische Teil ihrer Persönlichkeit an die Oberfläche steigt und wieder versinkt. Dann sieht Vera nach unten und schließt ihren BH.

„Alles okay", sage ich laut. „Wenn du Risse in den Brustwarzen spürst, verreibe einfach einen Tropfen Muttermilch darauf."

„Mach ich", sagt Vera, und jetzt ist wieder alles normal.

Als ich gehe, sehe ich durch das Wohnzimmer hindurch Luis, der auf dem Balkon steht und Rasmus der Sonne entgegenstreckt. Rasmus blickt verwundert zum Himmel auf, aber Luis hält die Augen geschlossen. Er sieht so friedlich aus, wie ich es bei ihm noch nie gesehen habe.

Ich schließe gerade mein Auto auf, als mein Handy klingelt. Auf dem Display erkenne ich Kims Nummer. Ich lehne mich gegen die Tür.

„Hi, Kim. Wie sieht's aus?"

Kim lacht leise. „Gut, gut. Und bei dir?"

„Ebenfalls." Das von der Sonne aufgeheizte Autodach verbrennt mir fast den Ellenbogen, als ich mich aufstüzen will, und ich zucke zusammen und stoße erschrocken die Luft aus.

„Alles okay?", fragt Kim durch den Hörer.
„Klar", sage ich unwillig, plötzlich genervt von ihrer Besorgnis. „Also, was steht an?"
„Ich wollte fragen ..." Kim druckst herum. Ich betrachte ein paar kleine Jungs, die kreischend über die Straße laufen. Einer von ihnen trägt knallrote Socken.
„Was möchtest du fragen?"
„Ob wir uns treffen. Hast du Zeit für mich heute?"
Ich überschlage kurz meine Pläne. Hausbesuche in Reihe, Bürokram. Zwischendurch muss ich ins Geburtshaus. So sieht das zur Zeit ständig bei mir aus: Tage, von morgens bis abends voll gestopft mit Terminen und Treffen. Und in knapp zwei Wochen dann auf einmal nichts mehr. Wenn ich darüber nachdenke, macht es mich nervös. Also lass ich es lieber.
„Nein, leider nicht", sage ich. „Zu viel zu tun."
„Schade. Und Morgen?"
Morgen Abend habe ich noch keine Verabredung. Aber einen Plan. Für einen Moment packt mich der Anflug eines schlechten Gewissens.
Eine Taube landet flügelschlagend dicht vor mir auf dem Bürgersteig und pickt ein vertrocknetes Stück Fladenbrot auf. Kim wartet immer noch geduldig am anderen Ende der Leitung.
„Freitag", sage ich schließlich.
Sie zögert nur einen Moment. „Freitag ist gut", sagt sie dann. „Was wollen wir machen?"
„Ich besuche dich", sage ich ruhig. „Irgendwann abends."
Kim atmet ein und deutlich hörbar wieder aus. „Gut", sagt sie. „Ich warte auf dich."

Ich besuche dich. Dieser Satz ist wie ein Code, seit Anbeginn an.
Eigentlich war es Dolly gewesen, Gretas Geliebte, die mich auf Kim aufmerksam gemacht hatte, eines Abends, als

wir zu dritt im *Dornbusch* gestanden hatten. „Guck mal, die da drüben, die findet dich gut", hatte sie frech gesagt und zum Tresen hinübergedeutet.

Kim hatte mich unbeirrt angestarrt, und das hatte ich mir gemerkt. Bei den nächsten Malen im *Dornbusch* war es genauso gewesen.

Wir sprachen kein Wort miteinander, und ich ließ sie links liegen. Aber eines Abends ertappte ich mich dabei, dass ich nach einem späten Hausbesuch nur im *Dornbusch* vorbeifuhr, um sie beobachten zu können. Ein paar Tage danach sprach ich sie an.

„Na?", fragte ich und lehnte mich über den Tresen. „Woran denkst du, wenn du mich die ganze Zeit anstarrst?"

Kim errötete leicht, und ich lehnte mich noch weiter über den Tresen, bis ich die winzigen Schweißperlen in ihrem Ausschnitt erkennen konnte und den Ansatz der Brüste darunter.

„Dass ich dich kennen lernen will", sagte sie schließlich knapp und polierte das Glas weiter, das sie gerade in der Hand hielt.

„Kennen lernen? Das ist keine gute Idee."

Sie runzelte die Stirn, aber sie hielt meinem Blick stand. „Warum nicht?"

Ich beugte mich noch weiter vor, dicht an ihr Ohr. „Weil das viel zu anstrengend ist, mich kennen zu lernen. Genieß mich doch lieber einfach!"

Sie zuckte zusammen, als meine Lippen ihr Ohrläppchen berührten. Die Knöchel an ihrer Hand, die das Glas hielt, traten hervor.

„Möchtest du?", flüsterte ich.

Sie schluckte und nickte. Als ich mich zurücklehnte, sah ich, dass ihr Ohr knallrot geworden war.

„Gib mir einfach deine Nummer", sagte ich. „Ich rufe dich an. Und dann ..." Wir sahen uns in die Augen, und Kim erwiderte mein Lächeln, „dann besuche ich dich."

„Gut", sagte sie und atmete aus. „Ich warte auf dich."

Das war im Sommer vor zwei Jahren. Seit damals habe ich Kim ziemlich oft besucht, und fast jedes Mal hatten wir Sex. Das definiert unser Verhältnis.

Ich weiß, dass Kim in mich verliebt ist. Ich wiederum stehe auf sie.

Und ich hänge an ihr. Wahrscheinlich mehr, als sie ahnt.

Aber mehr, das weiß ich inzwischen genau, wird daraus nie.

Gleich zu Anfang habe ich versucht, unsere Beziehung zu klären. Ich dachte damals, es wäre mir gelungen. Aber ich letzter Zeit bin ich mir da nicht mehr so sicher.

Ich kann spüren, dass es in Kim gärt. Etwas bahnt sich da an.

„Kim, ich bin kein einfacher Typ", hatte ich damals zu ihr gesagt. Wir hatten Sex gehabt und lagen nebeneinander im Bett, noch völlig erhitzt. Und sehr befriedigt. „Ich glaube nicht, dass ich dir jemals mehr geben kann als das hier."

Kim hatte mich nachdenklich betrachtet. „Glaubst du das oder weißt du es?", hatte sie gefragt.

Die Antwort war mir nicht leicht gefallen. „Ich weiß es."

Kim hatte genickt und meine Wange vorsichtig berührt. „Man weiß ja nie", hatte sie schließlich gesagt und zaghaft gelächelt. Aber ich war noch nicht fertig gewesen.

„Mehr kann ich nicht geben", hatte ich noch einmal gesagt, diesmal mit festerer Stimme. „Du musst es mir sagen, wenn dir das nicht reicht."

Kim hatte geschwiegen, und dann hatte sie schließlich ein zweites Mal genickt.

Seither leben wir beide ganz gut mit diesem Arrangement. Vordergründig zumindest. Denn Kim hat mir zwar nie gesagt, dass das alles nicht reicht, aber sie hat es mir mehrfach gezeigt.

Einmal war sie sehr heftig gekommen und danach unvermittelt in Tränen ausgebrochen. Ich hatte ihre Fesseln gelöst und sie in die Arme genommen.

„Es ist, als wärest du aus dem Nichts gekommen. Und jetzt bist du da, und ich werde dich nicht mehr los", hatte sie in meine Halsbeuge geflüstert.

Für einen Moment war ich erstarrt. „Soll ich dich loslassen?", hatte ich gefragt und mich vor ihrer Antwort gefürchtet.

„Nein!" Kim hatte mich noch fester umklammert. „Nein! Lass mich nicht los."

„Aber vielleicht ist das hier nicht das, was du brauchst, Kim."

„Was ich brauche, bekomme ich sowieso nicht", hatte sie geflüstert. „Besser wenig als nichts."

Das war nach gut einem Jahr. Mittlerweile reden wir nicht mehr groß über uns; die Dinge verstehen sich von selbst. Unser Verhältnis basiert – soweit so etwas überhaupt möglich ist – gänzlich auf Freiwilligkeit. Kim stellt keine Forderungen an mich, sie drängt mich nicht, sie lässt mich einfach in Ruhe. Sie tritt mir nicht zu nahe, und ich ihr auch nicht. Jede von uns kann tun und lassen, was sie will.

Das Problem ist nur, dass Kim gar nichts will außer mich. Und dass sie sich zwangsläufig mit dem begnügt, was sie von mir bekommt.

Manchmal habe ich deswegen ein schlechtes Gewissen, ein ungutes Gefühl. Kim ist an mich gebunden, und jeder Tag, den unsere ungleiche Beziehung andauert, bindet sie weiter an mich. Und das, so sehr ich auch an ihr hänge und sie an mir, das ist nicht gesund.

Es ist spät geworden, als ich ins Geburtshaus komme. Leise Geräusche und Stimmengemurmel kommen aus dem Geburtszimmer; eine Entbindung ist im Gange. Auf dem Plan im Büro sehe ich, dass Mara für die erste Bereitschaft eingetragen und also heute Abend die verantwortliche Hebamme ist. Sandra, die zweite Bereitschaft, ist auch schon eingetroffen, ihr Rucksack liegt auf dem Tisch. Lange kann es also nicht mehr dauern, bis das Baby kommt.

Als ich mich an den Schreibtisch setze, habe ich ein komisches Gefühl dabei, jetzt und von hier aus zu telefonieren; ich halte Arbeit und Privatleben gerne auseinander. Aber in diesem Fall ist die Trennung ohnehin schon nicht mehr ganz sauber gelungen.

Es dauert einen Moment, bis ich den Zettel mit der Telefonnummer zwischen meinen Notizzetteln im Kalender finde. Als ich sie eintippe, merke ich, dass ich sie von früher her noch auswendig kann. Tanja geht fast sofort dran.

Später sitze ich eine Weile im halbdunklen Büro und höre zu, wie die Gebärende schreit. Ich kann mich nicht aufraffen, die Unterlagen, wegen denen ich hergekommen bin, herauszusuchen. Ich brauche einen Grund, noch ein wenig hier bleiben zu können. Also schiebe ich es auf.

Als ich durch den Flur zur Toilette gehe, bemerke ich einen Schemen im Wartezimmer. Ich knipse das Licht an. Am Fenster sitzt ein Mann. Er hockt bewegungslos auf seinem Stuhl in der Ecke und hält das Kinn eisern auf die Faust gestützt.

„Was machst du denn hier?", frage ich.

Verschreckt blinzelt er in das Licht, ohne seine Haltung zu ändern. „Ich ... ich kann das nicht so", sagt er und lächelt verlegen.

Er ist ziemlich jung, Anfang zwanzig vielleicht. Ich hab ihn noch nie gesehen. Früher kannte ich alle Schwangeren und ihre Partner, aber in letzter Zeit, seit klar ist, dass ich gehe, ist das anders geworden.

Zwei Türen weiter schreit die Gebärende schrill auf. Sie muss ungeheure Schmerzen haben. Der Mann am Fenster zuckt heftig zusammen.

„Ich weiß, ich sollte jetzt da drin sein", sagt er nervös. „Wir haben zwar vorher vereinbart, dass ich nicht mit reinkomme, aber ... Immerhin hab ich sie doch in diese Situation gebracht. Jedenfalls bin ich daran beteiligt." Er lächelt unglücklich.

Er gehört nicht zu den Memmen von Männern, die während der Schwangerschaft ihrer Partnerinnen so eifrig bei der Sache sind, als trügen sie selbst das Kind unterm Herzen, dann aber, im letzten Moment, doch noch kneifen. Die es nicht ertragen, zu sehen, wie ihre Frau leidet. Solche Männer machen mich aggressiv. Aber dieser hier gehört nicht dazu. Dieser hier leidet tatsächlich. Mit seiner Frau. Und unter seiner eigenen Unfähigkeit.

„Wie wär's mit einem Tee?", frage ich. Verwirrt sieht er zu mir auf.

„Ein Tee?"

„Ja, ein Tee. Pfefferminze, Hagebutte, Grüner. Mal sehen, was wir sonst noch so dahaben."

Der junge Mann nickt zögernd. Im Geburtszimmer kreischt seine Partnerin auf, und erst jetzt löst er sein Kinn von der Faust und vergräbt sein Gesicht in der Hand.

„Ich setze Teewasser auf. Und dann komme ich zurück", sage ich.

Er nickt in seine Handfläche hinein.

Als ich in die Küche gehe, kommt Sandra aus dem Geburtszimmer. Angestrengt sieht sie mich an. „Kannst du das Urban anrufen, Gunn? Nabelschnurvorfall. Wird langsam kritisch."

„Mach ich."

„Und ..." Sandra deutet fragend mit dem Kinn in Richtung Wartezimmer. Ich nicke. Erleichterung malt sich auf ihren Zügen, als Sandra wieder die Tür zum Geburtszimmer hinter sich schließt.

Das schrille Weinen der Gebärenden im Ohr, wähle ich die Nummer des Urban-Krankenhauses. Es kommt nicht oft vor, dass wir eine laufende Geburt ans Krankenhaus abgeben müssen, aber wenn es nötig wird, klappt die Zusammenarbeit reibungslos.

Für Tee ist keine Zeit mehr. Ich gehe zurück ins Wartezimmer. Der junge Mann sieht mir ängstlich entgegen. Ich setze mich zu ihm.

„Sie muss ins Krankenhaus. Eine Hebamme wird sie begleiten. Was ist mit dir?"

Er blickt auf seine Hände hinab und beißt sich auf die Lippe. Ich sehe zu, wie es in ihm arbeitet. Nach einem Moment lege ich meine Hand auf seine. Er lässt es geschehen.

„Ist es dein Kind?", frage ich.

Er nickt. „Ein Mädchen", flüstert er. „Es wird ein Mädchen."

„Habt ihr schon einen Namen?"

„Lara Maria." Seine Stimme ist kaum noch zu vernehmen, so leise spricht er. Wieder ist aus dem Geburtsraum ein lauter Schrei zu hören, der sich zu einem lang gezogenen Stöhnen verflacht. Reflexartig greift er nach meiner Hand und drückt sie so fest, dass es wehtut.

„Fahr einfach mit", sage ich leise.

Er sieht auf unsere Hände hinab. Dann nickt er langsam.

Mara fährt mit den beiden ins Krankenhaus. Sandra sieht völlig erschöpft aus, als sie die schmutzige Wäsche aus dem Geburtsraum ins Waschzimmer trägt. Schweiß läuft ihr über das Gesicht und verklebt ihr langes Haar an den Schläfen, während sie die Wäsche in die Trommel stopft.

„Mein Gott, das war wirklich hart." Sie schüttelt den Kopf und schaltet die Waschmaschine ein. „Ich hab zweite Bereitschaft und bin schon seit vier Stunden hier, stell dir das vor. So lange hat es noch nie gedauert, wenn ich hinzugerufen worden bin." Die zweite Bereitschaft wird in der Regel erst zur allerletzten Phase einer Geburt dazugerufen. Normalerweise geht es dann sehr rasch, bis das Kind kommt. Diese Geburt war anscheinend wirklich eine Tortur.

„Leg dich hin", sage ich mitfühlend. „Ich hänge die Wäsche dann auf."

„Das dauert doch fast eine Stunde."

„Ich brauch hier sowieso noch ein bisschen." Ich lächele leicht, und Sandra lächelt müde zurück.

„Danke, Gunn."

Als sie gegangen ist, schließe ich die Tür hinter ihr ab. Einen Moment bleibe ich im Flur stehen und lausche. Alles ist still, nur das leise Summen der Waschmaschine ist zu hören, und von draußen dringt ganz schwach Motorenlärm durch die Wände. Wie still es jetzt ist, ganz im Gegensatz zu gerade eben noch. Und zu Sonntagabend. Drei Tage ist das jetzt her.

Wenn ich die Augen schließe und mich konzentriere, kann ich wieder die Geräusche und Stimmen hören. Veras Wimmern, ihre keuchenden Atemzüge, ihre Schmerzensschreie, ihr Stöhnen und dann, zittrig und dünn, Rasmus' ersten Schrei und sein erschrockenes Glucksen, als seine Lunge ihre Tätigkeit aufnahm und mühsam den ersten Schleim nach draußen beförderte.

Lange stehe ich im Flur. Dann setze ich mich in Bewegung. Langsam gehe ich von einem Raum zum anderen und betrachte die Zimmer, in denen ich sechs Jahre lang gearbeitet habe. Die beiden Gruppenräume, das Büro, die Küche, das Wartezimmer. Der Vorsorgeraum, das kleine Geburtszimmer, das Klo und der Waschraum.

Am Türrahmen zum großen Geburtsraum bleibe ich stehen und lehne mich dagegen. In dem dämmerigen Licht, das von der Straße hereinfällt, sieht der Raum unbelebt aus, wie ein Zimmer ohne Geschichte. Dabei ist es ein ungemein geschichtsträchtiger Ort. Unzählige Menschen haben hier ihren ersten Atemzug getan. Hunderten von Kindern habe ich hier auf die Welt geholfen; wie viele es insgesamt sind, weiß ich nicht mehr, bestimmt ein paar Tausend. Ich habe längst aufgehört, sie zu zählen.

Erst, als ich mich ein paar Mal geräuspert habe, spüre ich, dass ich einen Kloß im Hals habe.

Auf einmal begreife ich, dass ich dabei bin, Abschied zu nehmen.

Eine Zeit lang habe ich darüber nachgedacht, ganz aufzuhören. Einen anderen Job zu machen. Aber darum geht es nicht. Nur worum, weiß ich noch nicht. Nicht genau jedenfalls.

Aber ich weiß, dass ich eine Auszeit brauche.

Ich habe immer gerne als Hebamme gearbeitet. Von Anfang an. Manchmal, wenn ich gefragt werde, warum ich ausgerechnet Hebamme geworden bin – und das werde ich oft gefragt, besonders von anderen Lesben, und meistens in einem verständnislosen, leicht angriffslustigen Tonfall –, manchmal sage ich dann, dass ich mir diesen Beruf ausgesucht habe, weil ich Frauen liebe.

Das stimmt zwar, aber nur zum Teil. Klar liebe ich Frauen. Und Kinder auch. Und ich helfe auch gern. Aber in erster Linie bin ich Hebamme geworden, weil ich das Wunder des Lebens zu ergründen versuche.

Das klingt vielleicht pathetisch und rührselig, aber es ist die Wahrheit. Nichts, aber auch gar nichts ist aufregender als die Geburt eines Kindes. Und unbegreiflicher.

Dem Geheimnis dahinter bin ich allerdings keinen Schritt näher gekommen in all den Jahren. Nicht während meiner Ausbildungszeit damals in Celle, nicht während meiner zehn Jahre als fest angestellte Hebamme im Krankenhaus, nicht in der Zeit als Freiberufliche und Beleghebamme danach und auch nicht in den sechs Jahren, in denen ich im schon im Geburtshaus arbeite.

Aber ich habe vor, weiter danach zu suchen. Nur wo, das weiß ich noch nicht.

Ich werde es sehen. Auf jeden Fall brauche ich eine Pause. Eine Auszeit, ein halbes Jahr. Vielleicht auch länger.

Donnerstag

Einer der zahlreichen Copy-Shops in der Gneisenaustraße wäre für mich näher, aber ich mache wie immer den Umweg über die Adalbertstraße. Schon von weitem sehe ich Anton, der draußen vor der Tür steht und eine Zigarette raucht, die obligatorische Strickmütze tief ins Gesicht gezogen. Markus und er sind seit ein paar Jahren zusammen. Premiere für Markus. Es scheint, die beiden sind glücklich.

Anton deutet eine Verbeugung an, als ich in zweiter Reihe parke und aus dem Wagen steige.

„Tagchen, Gunn."

„He, Anton. Alles klar? Ist dein Lover drinnen?"

Anton deutet mit dem Daumen über seine Schulter. „Samt dem Herrn Doktor. Vielleicht gelingt es dir ja, ihn zu verscheuchen. Er hält Markus nur von der Arbeit ab." Sein merkwürdig schiefes Gesicht verzieht sich zu einer Grimasse.

Drinnen ist es angenehm kühl. Drei der fünf Kopierer sind von Kunden besetzt, Studentinnen, die beflissen ihre Seminararbeiten vervielfältigen. Am Tresen in der Mitte des Raumes lehnt Lenny, einen Becher Kaffee in der Hand. Dahinter sortiert Markus Papier ins Regal.

„Sieh mal an, hoher Besuch!" Lenny grinst breit. Markus dreht sich zu mir um und winkt.

„Hallo, Gunn. Willste 'nen Kaffee?"

„Gern." Ich werfe meine Unterlagen auf den Tresen und lehne mich neben Lenny, der mich mit halbgeschlossenen Augen von oben bis unten mustert.

„Lange nicht gesehen", sagt er. „Aber gut siehst du aus. Was machen die Babys?"

„Plumpsen immer schön der Reihe nach auf die Welt. Aber bald ist erst mal Schluss damit."

Lenny betrachtet mich nachdenklich. „Wow", sagt er ernst. „Du machst es tatsächlich."

Ich nicke. Markus stellt mir einen Kaffee hin und stützt sich auf dem Tresen auf.

„Wir haben dich vermisst", sagt er. „Und Greta auch. Wo steckt ihr denn immer? Ohne euch ist das *Beluga* wirklich echt öde geworden."

„Greta arbeitet im Moment ziemlich viel. Und ich auch. Aber das wird bald anders."

„Nächsten Dienstag ist wieder mal HeavyClub im *Beluga*", sagt Markus und bläst sich eine Haarsträhne aus dem Gesicht. „Wär doch was, oder?"

„Ich merk's mir vor", sag ich.

Im *Beluga*, einer Schwulenbar in der Dresdner, hab ich Markus und Lenny kennen gelernt. Greta, die eine Zeit lang oft dort rumhing, hatte mich ihnen vorgestellt. Ich mag Markus sehr, aber zu Lenny hab ich einen besonderen Draht. Wir sind beide harte Kaliber, jeder auf seine Art. Und wir haben beide keine sonderlich nette Geschichte hinter uns. Väter gab's bei uns nicht mal auf dem Papier. Lennys Mutter hat ihn ins Heim gegeben, meine mich zu meiner Oma. Lenny sagt immer, er hätte gerne mit mir getauscht. Andersrum geht mir das genauso. Also, was soll's?

Eine der jungen Studentinnen kommt an den Tresen und bittet Markus schüchtern um Hilfe, und er schiebt sich geschmeidig an Lenny vorbei und geht mit ihr zu dem streikenden Kopierer. Lenny und ich sehen schweigend zu, wie er mit zwei, drei gekonnten Handgriffen eine verklemmte Schiene löst, während die Studentin ihn bewundernd ansieht und sich verträumt durch das lange blonde Haar fährt. Lenny verdreht die Augen.

„Mann, der zieht die Weiber an wie das Licht die Motten", brummt er und richtet sich auf. „He, Schwuchtel!", ruft er zu Markus hinüber. „Willst du noch Kaffee?"

Markus zeigt ihm hinter dem Rücken den Stinkefinger, ohne sich auch nur umzudrehen. Die Blondine sieht schockiert zu Lenny, der die Zähne zu einem breiten Grinsen fletscht, und dann verunsichert zu Markus, der sich wieder über den Kopierer gebeugt hat, die Schiene einsetzt und die Halterung prüft.

„So", sagt er, richtet sich auf und klopft abschließend auf den Kopierer, „alles wieder startklar." Er wirft der Studentin ein strahlendes Lächeln zu, und augenblicklich schmilzt sie dahin. Ich sehe amüsiert zu, wie sie verstohlen auf Markus' knackigen Arsch schielt, als er zu uns zurück an den Tresen kommt.

„Und du", sagt er in trockenem Tonfall zu Lenny, „und du hörst endlich auf, hier rumzupöbeln und mir die Kundschaft zu verschrecken. Sonst gibt es Hausverbot. Und das meine ich ernst." Seine Miene ist grimmig.

Wenn ich ihn nicht kennen würde, dann wäre ich an Lennys Stelle jetzt ziemlich eingeschüchert, aber Lenny lächelt nur und fährt Markus lässig durchs Haar. „Schon gut, reg dich ab. Das kostet nur Nerven, und dann kannst du nachher nicht mehr richtig." Er nickt zu Anton hinüber, der immer noch draußen steht und sich gerade eine neue Zigarette angezündet hat.

Markus wedelt mit einer Hand. „Verzieh dich nach draußen. Gunn, ich übernehm das hier für dich, wenn du mir sagst, wie viele du brauchst." Er hebt meine Unterlagen hoch.

„Je einmal, bitte. Sind meine Abrechnungen."

„Ganz schöner Stapel." Er zeigt wieder seine ebenmäßigen Zähne und scheucht Lenny und mich hinaus.

Anton nutzt die Gelegenheit, uns abzulösen. Eilig verschwindet er im Ladeninneren, um sich an den Tresen zu hängen und seinen gut aussehenden Liebhaber verstohlen anzuschmachten, im Duett mit der jungen Studentin.

„Die beiden", sagt Lenny gutmütig und hockt sich auf das Fensterbrett. „Wie die Turteltauben. Hört so was nach drei Jahren nicht langsam mal auf?"

„Wenn du Pech hast, nicht."

„Oder Glück", sagt Lenny lakonisch. „Ich freu mich ja für meinen besten Kumpel. Aber dieses ewige Geturtel, das ist nicht mein Ding." Er lächelt, dann wird er ernst. Einen Moment lang sieht er vor sich auf den Boden, und an seiner angespannten Miene kann ich genau ablesen, woran er denkt: an den Kerl, mit dem er vor drei Jahren ein paarmal im Bett war und den er danach nie wiedergesehen hat. Er ist aus Berlin weggegangen, und ich hab ihn nie gesehen, aber für Lenny war es anscheinend der Traummann. Seitdem sucht er nach ihm. Jedenfalls lässt er sich nie auf jemand anderen ein.

Lenny kratzt sich im Nacken und sieht zu mir auf. „Und du machst also wirklich eine Pause, ja?", fragt er mich. „Wie lange? Ein Jahr?"

„Mal sehen, wie lange mein Geld reicht. Eher ein halbes."

„Das hab ich damals auch erst gedacht." Lenny verschränkt die Arme vor seiner breiten Brust und legt den Kopf in den Nacken. Lenny sieht ziemlich brutal aus mit seinem kantigen Gesicht, den eisblauen Augen und den muskelbepackten Armen. Und er gibt sich auch so. Wenn man ihn so ansieht, würde man nie auf den Gedanken kommen, dass er hochintelligent, ziemlich sensibel und von Beruf Herzchirurg ist. Oder war, besser gesagt. Letztes Jahr hat er den Job an den Nagel gehängt. Seither arbeitet er gelegentlich als Notfallarzt. Auch nicht gerade leicht.

Ich setze mich neben ihn und folge seinem Blick. Kein Wölkchen hängt am Himmel. Die Sonne scheint warm auf uns herunter. Weit oben zieht ein einsamer Vogel seine Runden über dem Häusermeer.

Lenny war richtig gut in seinem Job. Aber er kam einfach nicht klar damit, dass die Leute ihm reihenweise unter den Fingern weggestorben sind. Lenny ist tough, und er ist cool. Aber dafür nicht cool genug.

„Und was hast du vor?", fragt er mich. „Du bleibst doch Hebamme, oder?"

„So wie du Arzt. Nur wo und wie, ist mir nicht klar."

„Aber Geburtshäuser sind doch stark im Kommen, Gunn. Warum willst du dort aufhören, wenn du Hebamme bleiben willst? Als Freiberufliche oder Beleghebamme hast du doch viel mehr Stress."

„Das schon", sage ich. „Aber vielleicht ist es genau das – vielleicht ist es mir einfach zu ruhig. Zu gleichförmig geworden. Ich ziehe mein Ding durch, lebe und arbeite in gut abgesicherten Verhältnissen, gebe die immer gleichen Ratschläge. Manchmal habe ich das Gefühl, sogar immer wieder die gleichen Gesichter zu sehen. Die Frauen sind sich so ähnlich. Und alles läuft so verdammt glatt. Wenn es wirklich kritisch wird, schicken wir die Frauen ins Krankenhaus rüber und fertig."

„Zu wenig Verantwortung?"

„Oder zu wenig Risiko." Ich zucke mit den Schultern. Es tut gut, mit Lenny zu reden. Er weiß genau, worum es geht.

„Vielleicht solltest du wieder ins Krankenhaus gehen. Als Festangestellte, halbtags vielleicht", schlägt er vor.

Ich nicke. „Manchmal denke ich, wir Hebammen sollten versuchen, die Krankenhäuser menschlicher zu machen, mit Schulmedizinern zusammen zu arbeiten, anstatt uns immer weiter von ihnen zu entfernen. Die Kluft zwischen Ärzten und Hebammen wird immer größer, das gefällt mir nicht. Andererseits – im Krankenhaus bin ich allzu oft nur Handlangerin gewesen."

„Tja, Gunn, da bleibt eigentlich nur noch Entwicklungshilfe", sagt Lenny und lächelt mich schräg von der Seite an. Ich betrachte ihn nachdenklich.

Lenny erwidert meinen Blick. Einen Moment später klopft Markus gegen die Scheibe, und wir beide zucken zusammen. Markus hält einen Stapel Papiere hoch und winkt, und Lenny und ich stehen auf. Ein Stich geht durch meinen Rücken und verschwindet, als ich mich strecke.

An der Tür hält Lenny inne und dreht sich zu mir um. „Wie sieht es aus, kommst du heute Abend ins *Beluga*?", fragt er.

Ich schüttele den Kopf. „Ich hab noch was vor."

„'n Date!" Lenny schnalzt anerkennend mit der Zunge.

„Genau. Und ein ziemlich heißes."

„Darf ich mit? Ich wollte immer schon mal zugucken, wie's bei euch Lesben so zugeht."

„Nächstes Mal", sage ich und zwinkere ihm zu. „Ich sag dir Bescheid."

Wir grinsen uns an. Manchmal erinnert er mich ein bisschen an Bo. Die beiden würden sich bestimmt gut verstehen.

Plötzlich steht Markus hinter uns und klatscht Lenny mit der flachen Hand auf den Hintern. „Los, Lenny, du Tunte!", ruft er so laut, dass die Studentinnen erschrocken von ihren Kopierern aufsehen. „Beweg deinen Arsch und koch uns noch einen Kaffee!" Und dann kichert er vergnügt, während die Studentinnen zögerlich lächeln und Anton am Tresen hämisch in sich hineinlacht.

Lenny schüttelt den Kopf. „Kindisch, der Knabe, nicht wahr?", sagt er und lässt mir schmunzelnd den Vortritt.

Tanja sitzt an einem der hinteren Tische und hat einen Longdrink vor sich stehen, als ich die *BarbieBar* betrete. Ihre Augen verengen sich, während sie zusieht, wie ich durch den schmalen Mittelgang auf sie zukomme. Ungeniert fährt ihr Blick an mir herunter und wieder hoch zu meinem Gesicht. Bei jeder anderen Frau fände ich das zu frech, aber bei ihr macht es mich irgendwie an. Sie verliert keine Zeit, vielleicht ist es das.

„Na, wie sieht's aus?" Ich lächele sie an, während ich den Stuhl ihr gegenüber hervorziehe und mich setze. „Alles in Ordnung?"

„Bestens", sagt sie. „Bestens. Schön, dass du gekommen bist."

„Aber natürlich. Ich halte meine Verabredungen immer. Weißt du das nicht mehr?"

Tanja geht nicht darauf ein. Ich kann sehen, dass sie die Erinnerung an die Zeit vor fünf Jahren am liebsten streichen und so tun möchte, als wären wir uns vor ein paar Tagen zum ersten Mal begegnet. Verständlich, schließlich war sie damals nicht gerade in bester Form.

Der Kellner kommt, und ich bestelle ein Bier. Tanja schüttelt den Kopf und zeigt auf ihren Drink, als ich sie fragend ansehe.

„Ich hab noch, danke", sagt sie. „Wie bist du hier? Mit dem Wagen?"

Ich nicke. „Und du?"

„Zu Fuß."

Das habe ich mir natürlich gedacht. Tanja wohnt gleich nebenan in der Fidicinstraße. Nicht umsonst habe ich die *BarbieBar* vorgeschlagen.

Der Kellner kommt mit meinem Bier. Er hat nicht viel zu tun, es ist noch früh, und außer Tanja und mir hocken nur drei Schwule mit großen Sporttaschen am Tresen.

Wir stoßen an. Dann lehne ich mich zurück und sehe zu, wie Tanja sich eine Zigarette anzündet und leicht nervös den Rauch ausbläst, während sie mir einen tiefen Blick zuwirft. Ihr Haar fällt ihr locker über die Schultern, und sie trägt enge Dreiviertelhosen mit Schlag, eine weit ausgeschnittene Bluse und eine dünne goldene Kette um den Hals. Unwillkürlich stelle ich mir vor, wie sich die Kettenglieder zwischen meinen Lippen anfühlen, und sofort wird mir warm. Irgendwo in meinem Hirn springt ein winziger Motor an und beginnt, seine Vibrationen nach unten zu schicken.

„Ist dein Kleiner noch in den Ferien?", frage ich.

„Ja", sagt sie gedehnt und serviert mir den gekonntesten Augenaufschlag, den ich in den letzten zehn Jahren gesehen habe. Nur Michaela beherrschte ihn besser. Aber das ist lange vorbei, und ich werde mich hüten, ausgerechnet jetzt an Michaela zu denken.

Und auch nicht an Kim.

Tanja legt den Kopf schief und sieht mich von unten herauf leicht spöttisch an, während sie mit ihrem Stuhl vor und zurück kippelt. „Sonst säße ich ja auch kaum hier, oder?"

„Doch", sage ich lakonisch und trinke mein Bier in einem Zug halb aus.

Tanja stutzt, dann lächelt sie noch breiter. In meinem Nacken beginnt es zu kribbeln.

„Wie ist es dir so ergangen?", fragt Tanja in einem notdürftigen Versuch, den Anstand zu wahren. „Du wolltest mir doch erzählen, was du so treibst."

Sie spricht das Wort mit einer solchen Sorgfalt aus, dass es fast unanständig klingt, und ich muss lächeln. Tanjas Art zu flirten ist absolut hetero: tiefe Blicke, nur scheinbar zufällige Berührungen, verführerisch aufgeworfene Lippen. Hätte Tanja lange blonde Locken, würde sie jetzt schwungvoll nach hinten werfen, um mich zu betören.

Aber so ist das oft. Heterofrauen ihres Schlages glauben anscheinend, dass alle scharf auf sie sind und sie jeden – und jede! – rumkriegen, wenn sie nur gekonnt genug flirten. Manchmal frage ich mich, woher diese Frauen ihr Selbstbewusstsein nehmen. Aber egal – das hier macht mir Spaß. Großen Spaß sogar.

„Was genau willst du wissen?", frage ich und registriere mit Befriedigung den lüsternen Blick, den Tanja über meine Hände gleiten lässt. Das Kribbeln in meinem Nacken verstärkt sich. Ich wusste, dass es klappen würde. Aber dass es so problemlos und rasch klappen würde, das wusste ich nicht.

„Deine Sicht aufs Leben interessiert mich", sagt Tanja und wirft jetzt tatsächlich ihr Haar zurück. „Die hat mich schon damals interessiert."

Ich nicke nachdenklich. Die Vibrationen haben jetzt meinen Unterleib erreicht; ich kann den Widerhall in meinem Kiefer spüren, als ich mich vorbeuge, so weit, bis meine Augen dicht vor Tanjas sind. Sie hält den Atem an.

„Das stimmt nicht", sage ich ruhig. „Dich interessiert, wie ich im Bett bin."

Tanja weicht meinem Blick aus, drückt ihre halbaufgerauchte Zigarette fahrig im Aschenbecher aus und sieht wieder zu mir auf. „Ja", sagt sie und verzieht ihren Mund erneut zu einem spöttischen Lächeln. „Ja. Das interessiert mich außerdem."

Tanjas Wohnung ist in den vergangenen Jahren offensichtlich renoviert worden, aber sie ist mir immer noch vage vertraut. Ein rundes Dutzend Mal war ich hier, und ich weiß auf Anhieb, wo sich das Bad befindet. Vor der Tür bleibe ich stehen.

„Einen Moment, ja?"

Tanja nickt und geht in die Küche. Bevor ich die Badezimmertür hinter mir schließe, höre ich das Klappen der Kühlschranktür und Gläserklirren.

Nachdem ich mich frisch gemacht habe, betrachte ich mich im Spiegel. Eigentlich bräuchte ich einen Haarschnitt, aber in den letzten Wochen bin ich einfach nicht dazu gekommen. Meine Haare ringeln sich im Nacken und hinter den Ohren, und ein paar widerspenstige Locken fallen mir in die Stirn. Ich selbst mag es lieber, wenn meine Haare akkurat geschnitten und hinten ausrasiert sind, aber andere, zum Beispiel Greta, behaupten, eine herausgewachsene Frisur stünde mir besser. Wie auch immer, über mein Aussehen kann ich mich nicht beklagen. Mag sein, dass meine Nase eine Spur zu groß ist und mein linkes Augenlid etwas hängt. Aber das fällt nicht sonderlich ins Gewicht. Im Großen und Ganzen sehe ich gut aus. Und das ist es schließlich, was zählt.

Als ich schon die Türklinke in der Hand habe, entdecke ich das Foto, das in eine Ecke des Badezimmerspiegels geklemmt ist. Ein blonder Knirps mit Tanjas grünen Augen lacht frech in die Kamera, stolz eine verfrühte Zahnlücke zeigend. Wie groß Laszlo geworden ist. Eigentlich schade, dass ich die Kids immer nur als Säuglinge sehe. Ich weiß nie, was aus ihnen wird; oft fällt es mir schwer, die einzigartigen Individuen in den sich einander doch sehr ähnelnden Neugeborenen zu erkennen. Manchmal denke ich, dass Säuglinge eine ganz eigene Zwischenform von Lebewesen bilden, eine Vorstufe zum Menschen womöglich.

An der Tür taste ich nach der kleinen Packung Gleitgel in der Jackentasche und frage mich, ob ich sie brauchen werde. Einen Moment bereue ich, dass ich meinen Dildo nicht mitgenommen habe. Aber fürs erste Mal finde ich das einen Zacken zu heftig. Nur dumm, dass ich mir nicht sicher bin, ob es ein zweites Mal geben wird.

Ich öffne die Tür und gehe langsam durch den Flur. Das Licht in der Küche ist ausgeschaltet, aus dem Schlafzimmer gegenüber fällt ein warmer Schein ins Wohnzimmer. Tanja steht an der offenen Balkontür und sieht hinaus. Die leicht abgekühlte Luft des vergangenen Tages weht herein und umhüllt uns, als ich hinter sie trete.

„Da bist du ja", sagt Tanja, ohne sich zu mir umzudrehen. Still stehen wir da. Ich bin ihr so nah, dass ich ihre Wärme spüren kann; ein leichter Sog geht von ihr aus, ein Kribbeln, das sich auf mich überträgt.

Ich atme aus, und trotz des schwachen Lichtes kann ich sehen, wie sich eine Gänsehaut auf Tanjas Nacken bildet, als mein Atem sie dort berührt. Sie stößt die Luft aus, dann dreht sie sich zu mir um.

„Möchtest du Sekt?"

„Nein, danke." Ich betrachte Tanjas fein geschnittenes Gesicht, die Kerben zu beiden Seiten der Nasenwurzel, die ausgeprägten Wangenknochen. Ein leichtes Zucken ist in ihren Mundwinkeln, als sie sich wegdreht und zum Couchtisch hinübergeht, wo eine geöffnete Sektflasche neben zwei Gläsern bereitsteht. Ich sehe zu, wie sie sich einschenkt und das Glas in meine Richtung hebt.

„Zum Wohl dann", sagt sie und trinkt.

„Zum Wohl." Ich stecke die Hände in die Hosentaschen und beobachte sie, wie ein Jäger seine Beute.

Tanja trinkt aus und stellt das Glas ab. Mit einer Hand weist sie zum Sofa. „Wollen wir uns setzen?", fragt sie, und beim letzten Wort kippt ihre Stimme nach oben hin um, das erste Zeichen von Unsicherheit, das ich bislang an ihr bemerkt habe. Aber sie hat sich sofort wieder im Griff. „Ich eigentlich nicht", fügt sie hinzu. „Ich würde mich lieber ein wenig hinlegen."

Unwillkürlich muss ich lächeln. Tanja hebt eine Braue. „Du nicht auch?", fragt sie rau.

„Ja, ich auch. Unbedingt", sage ich. Tanja gießt sich noch Sekt ein und geht voran ins Schlafzimmer. Mit langsamen Schritten folge ich ihr.

Das Zimmer ist leer bis auf einen großen Kleiderschrank und das breite Bett, neben dem ein Nachttisch steht. Die Einrichtung ist neu, nicht ein Stück davon erkenne ich wieder.

Tanja stellt das Glas ab und sieht mir aus schmalen Augen entgegen. Ich gehe auf sie zu und nehme die Hände aus den Taschen. Einen Moment, bevor ich sie berühre, beginnt Tanja zu lächeln.

Ich genieße diesen Augenblick des Zögerns; ich mag das – eine fremde Frau in einer fremden Wohnung. Eine Frau auf ihrem eigenen Terrain zu verführen, das liegt mir. Ich nehme höchst selten jemanden mit zu mir nach Hause. Eigentlich nie. Denn dazu muss es schon Liebe sein. Zumindest Verliebtsein, nicht nur Zuneigung oder Begehren.

Tanja lächelt mich an, noch immer mit diesem spöttischen Zug um den Mund. Langsam begreife ich, dass er zu ihrer Erregung dazu gehört. Es gibt Frauen, die besonders höhnisch lächeln, um den Partner herauszufordern, sie zu bezwingen. Komischerweise funktioniert das. Auch bei mir.

Als ich einen Arm um Tanjas Hüfte lege und sie zu mir heranziehe, lächelt sie immer noch, aber ihr Gesichtsausdruck verändert sich übergangslos, als ich ihr Kinn zwischen Daumen und Zeigefinger nehme und sie küsse. Für einen Moment sieht sie verblüfft aus. Dann drückt sie ihre Hüften an meine und öffnet bereitwillig den Mund.

Noch während meine Lippen ihre berühren, knöpfe ich ihr die Bluse auf und streife sie ihr über die Schultern. Darunter trägt sie einen Spitzen-BH, mit passendem Slip, wie ich gleich darauf entdecke. Ihre Hose fällt zu Boden. Mit einem kurzen Ruck hebe ich Tanja an, trage sie die zwei Schritte zum Bett herüber und setze sie an der Bettkante ab.

„Wow, wie stark du bist", flüstert sie, und das spöttische Lächeln um ihren Mund herum ist wieder da. Sie setzt sich hin, bevor ich nach ihr greifen kann, und lässt sich nach hinten fallen. Gleich darauf bin ich über ihr.

Tanja schlingt die Arme um meinen Rücken, drückt sich an mich und stöhnt auf. Als ich mich auf ihr zu bewegen beginne, pariert sie den sanften Druck meines Unterleibes mit heftigen Stößen. Ihr Keuchen füllt die Luft. Fast ist sie mir eine Spur zu heftig in ihrem Verlagen; sie windet sich unter mir, als hätte sie jahrelang keinen Sex gehabt.

Abrupt verharre ich, stütze mich ab und beobachte sie. Ein Lächeln ist auf Tanjas Zügen, als sie mir in die unfreiwillige Pause hineinfolgt. Mit zurückgebeugtem Hals liegt sie da, schon jetzt, nach ein paar Augenblicken, schimmert ihre Haut feucht. Ihre Kette glitzert quer über ihrer Kehle.

Ich beuge mich herunter und nehme die Kette vorsichtig zwischen die Lippen. Die einzelnen Glieder drücken sich einen Moment lang in meine Zunge hinein, bevor Tanja dem leichten Zug nachgibt. Als sie den Kopf so weit gehoben hat, dass sie mich ansehen kann, lasse ich los.

„Ruhig", flüstere ich. „Ganz ruhig. Wir haben doch Zeit." Ich setze mich auf, ziehe mir mein Hemd über den Kopf und Hose und Unterhemd aus.

Tanja hebt eine Hand und berührt meine Tätowierung. Mit den Fingerspitzen fährt sie die Ränder des Dreiecks ab, die gekräuselten Linien darunter, tupft auf den Punkt in der Mitte.

„Was soll das sein?", fragt sie, immer noch mit diesem spöttischen Zug um den Mund. Ich antworte ihr nicht. Stattdessen schiebe ich eine Hand unter ihre Hüfte, spanne die Armmuskeln an und zeihe sie hoch. Mit zwei einfachen Handgriffen, die noch aus meiner Zeit als Judoka stammen, drehe ich sie auf die Seite. Tanjas Augen weiten sich, dann ergibt sie sich in ihr Schicksal und streckt sich geschmeidig. Sie präsentiert mir ihren Körper mit einer rüden Selbstverständlichkeit, die mich erstaunt und gleichzeitig erregt.

Mit den Fingern fahre ich über Tanjas schlanke Hüften, den glatten Bauch, auf dem sich die schmale Blinddarmnarbe wie ein verblasstes Brandzeichen ausnimmt. Ich sehe die Spuren der Schwangerschaft, die untrüglichen Zeichen, dass sie ein Kind geboren hat – die hellen Streifen auf Bauch und Oberschenkel, die nicht mehr ganz straffen Brüste. Von früher her habe ich Tanja rundlich und rosig in Erinnerung, aber so sieht sie nicht mehr aus. Jetzt, so schlank und schmalgliedrig, erscheint sie mir fast wie ein anderer Mensch, mit einem Körper, der mich vage an einen anderen erinnert, den ich einst gekannt habe.

Tanja lacht mich an, und ruckartig drehe ich sie wieder auf den Rücken und schiebe mich auf sie. Sie zuckt zusammen, als ich mich zu bewegen beginne. Wir sind sofort im Einklang, bereitwillig öffnet sie die Beine und zieht mich an den Hinterbacken fest an sich heran. Ihr Körper bebt unter mir, unser Rhythmus wird schneller, verlangsamt sich wieder, reißt uns dann mit sich.

Irgendwann halte ich inne. Tanjas beobachtet aus schmalen Augen, wie ich einen Latexhandschuh aus meiner Hosentasche ziehe. Das Gleitgel lasse ich stecken; es wäre pure Verschwendung, so nass, wie Tanja schon ist.

„Sicher ist sicher", sage ich leise, „für dich wie für mich", während ich den Handschuh überstreife und mich über sie beuge.

„Das musst du mir erst beweisen", sagt Tanja heiser und zeigt mir für einen winzigen Moment ihre blendend weißen Zähne. Dann schiebt sie ihre Beine langsam auseinander.

Übergangslos dringe ich in sie ein, verharre einen Moment und gleite tiefer, als ich ihr Zittern spüre. Tanja keucht auf und klammert mich an sich, und ich muss sie festhalten und hinunterdrücken, um mir Platz zu verschaffen. Beim dritten Stoß beginnt sie zu wimmern, und ich verharre mitten in der Bewegung.

„Weiter!", schreit sie auf. „Los, mach weiter!"

Ich schiebe meine Finger tief in sie hinein und ziehe sie wieder heraus. Tanja ächzt, und dann stößt sie die Luft ruckartig aus. Ein Stich fährt durch meinen Rücken, aber der Schmerz vergeht, sobald ich mich ganz leicht zur Seite drehe. Als ich einen Moment später erneut in Tanja eindringe, merke ich überrascht, dass sie schon jetzt so weit ist. Ihr Muskelring schließt sich eng um meine Finger, und ihre Hände klammern sich um meinen Nacken, während sie den Rücken durchbiegt. Ihre Fingernägel ritzen sich tief in meine Haut, und vor Schmerz wird mir schwindlig. Mit erstaunlicher Kraft krallt Tanja sich an mir fest, und dann, gerade als ich glaube, dem Druck nicht mehr standhalten zu können, beginnt sie zu zucken und stöhnt gleichzeitig auf. An mich gepresst, bäumt sie sich auf, wieder und wieder, erschlafft dann ganz plötzlich und lässt mich los.

Keuchend und zitternd liegt sie unter mir, mit geschlossenen Augen. Ich fühle mich überrumpelt und ein bisschen betrogen, als ich mich vorsichtig neben sie gleiten lasse. Das war mir zu schnell. Mein Nacken tut weh, und als ich mit den Fingern darüber taste, spüre ich schmerzhafte Striemen, die bereits anzuschwellen beginnen.

Tanja schlägt die Augen auf. „Gunnilla", sagt sie, und der überraschend fremde Klang meines vollständigen Vornamens schrillt wie eine Alarmglocke in meinen Ohren. Augenblicklich versteife ich mich. Ich habe nicht gewusst, dass Tanja meinen vollen Vornamen überhaupt kennt; sie muss ihn auf einer Rechnung gelesen haben.

„Gunn", flüstert sie. „Ich habe so oft von dir geträumt."

Ich rücke eine winzige Spur von ihr ab. Sie merkt es sofort.

„Seit wir uns am Montag beim Asiaten gesehen haben", korrigiert sie rasch die Bedeutung ihrer Worte. Aber der Schaden ist schon angerichtet; jetzt bin ich auf der Hut.

„Mach dir bitte keine Hoffnungen auf mehr, Tanja", sage ich ruhig. „Das hier passiert doch nur, weil wir beide einfach Lust darauf haben. Nicht mehr und nicht weniger, richtig?"

Tanjas Augen verengen sich, während sie mich ansieht. Draußen fährt ein Auto vorbei, mit knatterndem Auspuff. Irgendwo in der Wohnung tickt eine Uhr. Keine von uns beiden bewegt sich.

„Wenn das so ist", sagt Tanja nach einer Weile, und wieder ist dieses spöttische Lächeln auf ihren Lippen, „wenn das so ist, Gunn, dann bums mich jetzt noch mal."

Ihr frecher Tonfall beruhigt mich, aber ich weiß, dass ich später über das, was gerade geschehen ist, nachdenken muss. „Wie sagt man?", frage ich betont lässig und sehe mit hochgezogenen Brauen auf sie herunter.

Tanja lacht auf. „Bitte", sagt sie locker dahin, und dann fügt sie hinzu: „Mach schon. Fick mich noch mal. Und zwar richtig."

Als ich den Mehringdamm hinunterfahre, spüre ich merkwürdigerweise das eine Bier, das ich viele Stunden zuvor in der *BarbieBar* getrunken habe. Es fühlt sich an, als hätte ich einen Kater. Wahrscheinlich habe ich auch einen, aber nicht vom Bier.

Tanja ist heiß. Und der Sex mit ihr auch. Es stört mich nicht im Geringsten, dass sie ihre Abenteuer- und Sensationslust an mir befriedigt; meine Beweggründe sind schließlich auch nicht gerade darüber erhaben: Eroberungsdrang und die Sucht nach Bestätigung, zum Großteil zumindest.

Aber ich ahne, dass Tanja mehr will. Das ist keine große Überraschung, aber es enttäuscht mich ein wenig. Offensichtlich gelingt es mir nie, einfach ein unverbindliches Abenteuer, einen schlichten One-Night-Stand mit einer Frau zu haben. Fast immer wollen sie mehr: nicht nur Sex, meinen Körper, meine Hände auf ihrer Haut, sondern auch das Gefühl, gehalten zu werden. Und das, woran sie niemals herankommen werden – den weichen, verborgenen Teil meiner Persönlichkeit. Den offenbar ganz besonders.

Aber diesen Teil von mir habe ich nur einmal gezeigt. Und es ging schief. Seither bin ich gründlich kuriert.

In der *BarbieBar* ist viel los, als ich vorbeifahre. Die meisten Tische draußen sind besetzt, Trauben von Schwulen stehen zwischen den Grünanlagen davor, und zwei Transen in bunten Kleidern streiten lachend um einen freien Stuhl.

Ein Stück weiter, an der Kreuzung zur Bergmannstraße, lungert eine Gruppe junger Türken herum und pfeift ein paar vorüberstolzierenden Mädchen in Schlaghosen und Sneakers hinterher. Ein Penner schläft wie aufgebahrt mitten im flachen Gebüsch hinter der Telefonzelle, die Hände friedlich über der Brust gefaltet. Ein großer Rottweilermischling liegt daneben und bewacht ihn mit stoischer Miene.

Sommerluft weht durch das offene Autofenster herein, als ich langsam am *Sundström* vorbeifahre, wo sich zahlreiche Gäste um die vielen chromblitzenden Tische drängen. Als ich einen Blick auf die gegenüberliegende Straßenseite werfe, entdecke ich beim *Bargelb* zwei vertraute Gestalten, die sich in Richtung U-Bahn entfernen. Ich gehe aufs Gas. Mit quietschenden Bremsen wende ich an einer Lücke quer über die Mittelinsel und halte hupend am Straßenrand. Ein

Dutzend Augenpaare sieht vom *Bargelb* zu mir herüber. Greta beugt sich lächelnd ins Auto.

„Gunn, Gunn. So spät noch unterwegs? Gehörst du nicht längst ins Bett?"

„Und selbst?"

„Schon in Arbeit", sagt Greta und deutet über ihre Schulter hinweg zu Dolly, die jetzt näher tritt, ihr gewohnt scheues Lächeln auf den Lippen. Aber das ist nur Show. Wenn es drauf ankommt, hat Dolly es faustdick hinter den Ohren, auch wenn sie mit ihrem rasierten Kopf und den feinen Gesichtszügen verletzlich, fast unschuldig wirkt.

„Hi, Gunn. Wie geht es dir?", fragt sie.

„Prima", sage ich. „Und du? Wie läuft das Studium? Machst du uns auch keine Schande?" Dolly studiert Informatik, im vierten Semester. Aus ihr wird noch mal was, da bin ich mir sicher.

„Ich strenge mich an", sagt sie und lächelt sanft. „Kommst du Samstag eigentlich auch ins *SO*?"

„Was steht an?"

„Bongo-Party."

Ich überschlage die Tage. „Lässt sich vielleicht machen. Geht ihr beide?"

Greta nickt. „Und was ist mit Kim?"

Ich zucke mit den Achseln. „Sie arbeitet am Samstag."

Dolly nickt mir zu und zieht sich zurück. Als sie merkt, dass Greta und ich sie beide ansehen, verschränkt sie die Arme vor der Brust und sieht unbeteiligt gen Himmel.

„Wenn deine Kleine so weitermacht", sage ich schmunzelnd zu Greta, „dann nehme ich sie demnächst mal ran und erzieh sie ein bisschen. Wenn du nichts dagegen hast."

„Und wenn ich was dagegen habe?"

„Dann auch." Ich zwinkere ihr zu.

„Mach, was du willst." Greta grinst einvernehmlich zurück. Sie weiß, dass ich dergleichen nie ohne ihr Einverständnis täte. Wenn überhaupt. Sie beugt sie sich tiefer in den Wagen und studiert mein Gesicht. „Wo kommst du eigentlich her?" Als ich nicht gleich antworte, nickt sie vor sich hin. „Du hattest Sex", stellt sie fest.

Ich zucke mit den Schultern. Greta schmunzelt.

„Lass mich raten. Kim war es nicht."

Ich werfe einen Blick zu Dolly, die immer noch scheinbar unbeteiligt zum wolkenlosen Nachthimmel aufsieht.

„Später. Nicht jetzt, okay?"

„Okay." Greta richtet sich auf und klopft mit der flachen Hand aufs Wagendach. „Ich ruf dich morgen mal an. Also, wir sehen uns Samstag."

„Bis Samstag. Ciao, Dolly!" Ich hebe die Stimme.

Dolly sieht kurz zu mir herüber und nickt, ein schmales Lächeln auf ihren Lippen. Greta geht zu ihr hinüber und legt ihr den Arm um die Schultern.

„Treibt's nicht zu wild!", rufe ich ihnen zu, bevor ich aufs Gaspedal trete. Im Rückspiegel sehe ich, wie Greta mir nachwinkt, während Dolly sich an sie schmiegt. Dann sind sie verschwunden.

Freitag

Ingas Hände sind weich und ein kleines bisschen kühl. Das ist angenehm. Ich spüre, wie mich die Anspannung augenblicklich verlässt. Manchmal frage ich mich, wohin sie in solchen Momenten eigentlich verschwindet.

„Vergiss nicht, Gunn", sagt Inga. „Übernächsten Dienstag fahre ich in Urlaub."

Ich öffne die Augen. Ingas rundliches Gesicht hängt dicht über mir, ihre hellbraunen Augen verweilen für einen Moment auf meinem Gesicht, bevor sie wieder an die gegenüberliegende Wand sieht.

„Wohin soll es denn eigentlich gehen?"

„Nach Rumänien", sagt Inga. „Das ist nah und doch weit weg."

„Oh, Rumänien! Das Land der bunten Kopftücher."

„Nicht zu vergessen die Karpaten, das Schwarze Meer, Sonne und freundliche Menschen."

„Und Wölfe. Horden von Wölfen."

„Und Wölfe, genau."

„Und Armut", sage ich.

Ingas Mund verzieht sich zu einem winzigen Lächeln. „Und Armut", wiederholt sie. „Und du? Hast du schon entschieden, was du nun machst?"

„Noch nicht." Ich zucke mit den Schultern.

„Liegen bleiben", sagt Inga. „Entspann dich."

„Zu Befehl."

Inga brummt unwillig, mit einem Hauch Belustigung darin. Sie betrachtet mich nachdenklich. Unter ihrem forschenden Blick ist mir plötzlich unbehaglich. Nie weiß ich, was in ihr vorgeht. Obwohl ich sie andauernd sehe.

Inga streicht mit den Händen über meinen Bauch und nimmt einen Daumenbreit Fleisch zwischen ihre Finger, zupft daran und lässt wieder los. Tadelnd schüttelt sie den Kopf. „Alles verklebt", sagt sie. „Trinkst du genug? Wasser und Tee. Möglichst wenig Kaffee."

„Ich werde mich bemühen, Frau Doktor Osteopathin."

„Ich hab keinen Doktor. Umdrehen, bitte." Inga stupst mich an, und ich drehe mich gehorsam um.

„Ich denke, ich werde auch erst mal wegfahren", sage ich und lege die Stirn auf die verschränkten Hände. Mein Handtuch unter mir duftet leicht nach Waschmnittel. „Aber ich weiß noch nicht, wohin."

Ingas Fingerspitzen berühren meinen Nacken. „Da solltest du ein wenig Heilsalbe draufmachen", sagt sie in beiläufigem Tonfall. Ihre Finger gleiten weiter zu meinen Schultern. Ein wohliges Kribbeln durchfährt mich. Ich lächele in mein Handtuch hinein und schließe die Augen.

„Wonach ist dir?"

Kims Augen leuchten auf. „Das weißt du doch am besten", flüstert sie.

Kim ist nackt. Ich trage Stiefel, schwarze Jeans und ein eng anliegendes schwarzes Unterhemd. Gedämpftes Licht fällt in den Raum, Kim hat das Fenster mit einem dunkelgrünen Laken verhängt. Ich schalte einen der Strahler neben der Tür ein und richte ihn auf den Stuhl in der Mitte des Zimmers, auf dem Kim sitzt. Dann gehe ich zu ihr hinüber.

Kims nackte Schultern sind gerade. Ihr Nacken ist weich, ich kann die samtigen Haare auf meinen Lippen spüren, als ich mich vorbeuge und sie dort küsse. Kim schaudert. Als ich um sie herumgehe und mich vor sie stelle, sind ihre Brustwarzen steif.

„So", sage ich. „Das weiß ich also am besten?"

Kim nickt. „Immer", sagt sie. „Du weißt es immer am besten. Niemand sonst weiß, was ich brauche. Nicht einmal ich selbst. Nur du." Dann öffnet sie ihre Schenkel. Ich muss zweimal hinsehen, bis ich erkenne, was dort liegt. Lederne Fesseln. Brustklemmen, mit einer Kette verbunden. Und Wäscheklammern aus Holz.

Ich verkneife mir ein Lächeln. Wie so oft ist es Kim, die mir selbst zeigt, wonach ihr ist. Das, was wir hier treiben, ist ein Spiel, dessen Regeln wir beide gemeinsam bestimmen. Kim sogar mehr noch als ich, denn alles, was ich tue, tue ich für sie.

Ich ziehe die Fesseln zwischen ihren Schenkeln hervor und gehe in die Knie. Mit ein paar schnellen Griffen fessele ich ihr die Hände hinter dem Rücken an den Stuhl, dann sind die Knöchel an der Reihe.

Als ich mich bücke und wieder hochkomme, hat Kims Gesichtsausdruck sich plötzlich verändert.

„Was ist?"

„Nichts." Sie sieht weg, aber der kleine Schlenker, den ihr Blick dabei macht, verrät sie.

Die Striemen in meinem Nacken. Ich hatte sie ganz vergessen. Es scheint mir eine Ewigkeit her.

„Kim, vergiss es", sage ich ruhig. „Das hat nichts mit uns zu tun. Vergiss es einfach, okay?"

Kim sieht mich wieder an. „Was denn?", fragt sie zurück, mit deutlichem Trotz in der Stimme. „Was soll ich vergessen? Da war doch nichts, oder?"

Nach einem Moment des Zögerns nicke ich. „Nein, da ist nichts. Nichts, was dich interessieren müsste." Ich habe kein schlechtes Gewissen, das nicht. Aber manchmal weiß ich einfach nicht, wie weit sich unser Verhältnis strapazieren lässt. Nur das hat Kim in der Hand. Es ist ihre Entscheidung.

„Mach weiter", sagt sie leise und fügt, als sie meinen scharfen Blick sieht, hinzu: „Bitte."

Vorsichtig befestige ich die Brustklemmen an ihren steifen Nippeln und beginne, die Klammern zu setzen, je drei auf den Brüsten, dann in absteigender Linie fünf seitwärts der Rippen, bis zwei Diagonalen entstehen. Während ich langsam Hautpolster um Hautpolster hochziehe und die Klammern darum schließe, bin ich mir des Paradox' deutlich bewusst: Ich passe auf, Kim nicht weh zu tun, während ich dabei bin, ihr gezielte Schmerzen zu bereiten. Die Art von Schmerzen, nach der sie sich sehnt.

„Gut so?", frage ich ruhig.

Kim nickt. Ihre Augen flackern.

Ich starre sie an. „Heiß?"

Sie nickt wieder, und ein zögerliches Lächeln stiehlt sich auf ihre Lippen. „Heiß", sagt sie. „Ja. Verdammt heiß."

Ein schneller Griff, und mit sanftem Druck ziehe ich die Verbindungskette zwischen den Brustklemmen zu mir herüber. „Hab ich dir erlaubt zu fluchen?"

Kim schüttelt den Kopf. „Nein", flüstert sie. „Nein, hast du nicht."

„Also – nächstes Mal fragst du mich erst, klar?"

„Klar", sagt sie. „Alles klar, ja."

Als ich die letzten beiden Klammern gesetzt habe, trete ich zurück und betrachte mein Werk. Kim sitzt still da und sieht mich aufmerksam an. Dann schließt sie die Augen. Sie sieht sehr zufrieden aus. Und gespannt und entspannt zugleich.

Ich trete dicht vor sie und beginne, vorsichtig über die Enden der Klammern zu streichen, mal ganz sanft, mal ein wenig fester. Bei jeder Berührung erbebt Kim und fängt an, schneller zu atmen, lautlos zunächst, dann von kleinen Seufzern begleitet. Fasziniert sehe ich zu, wie sich um die Klammern herum eine Gänsehaut bildet, die sich nach und nach über Kims ganzen Oberkörper zieht. Mir ist, als müsste ich die Erhebungen spüren können, aber als ich mit dem Finger leicht über Kims Schlüsselbein fahre, ist Kims Haut samtweich wie immer.

Kim hält den Atem an, und ich verharre mitten in der Bewegung. Eine eigenartige Stille ist plötzlich im Zimmer, und sie bleibt auch, als ich fortfahre mit meinen sachten Berührungen, die zarte Muster auf Kims glatte Haut zaubern.

Immer wieder ist das so. Wir schaffen uns eine eigene Welt, Kim und ich. Wir sind wie in einem Vakuum, einem zeitlosen Raum in diesen Minuten; wir teilen unsere Zeit, unsere Körper, unsere Wünsche in völligem Einvernehmen. Alles andere ist vergessen. Es gibt kein Draußen mehr, kein Zweifeln, keine Bedenken. Nur in diesen kostbaren Minuten selbstvergessener Zweisamkeit ist unser brüchiges Verhältnis stabil, daraus zieht es seine Kraft, und daran hangeln wir uns entlang, von einem Treffen zum nächsten.

Kim schlägt die Augen auf. „Hast du deinen Dildo dabei?", fragt sie leise.

Ich schüttele den Kopf. Enttäuschung flackert über ihr Gesicht.

„Aber ich habe was anderes für dich", sage ich ruhig.

Kim kneift die Augen zusammen. Dann, als ich ihr meine Faust zeige, beginnt sie zu lächeln.

„Willst du?", frage ich.

„Logisch", sagt Kim provozierend.

Ich greife ihr Kinn zwischen Daumen und Zeigefinger und drücke leicht zu.

„Benimm dich. Sonst muss ich härtere Saiten aufziehen."

„Okay", haucht Kim und schiebt aufreizend langsam ihre Zungenspitze zwischen die Lippen. Sie weiß, was ich meine. Bei ihrer letzten Schicht hat sie einen Buttplug getragen, auf ihren eigenen Wunsch hin. Ihre Bestrafung hatte sie sich immerhin selbst aussuchen dürfen.

„Also noch mal", sage ich scharf. „Mit mehr Gefühl!"

Kim schluckt. „Ich will", flüstert sie. „War es so gut?"

Ich drücke noch einmal zu, bis sie ihr hübsches Gesicht schmerzhaft verzieht. „Du brauchst nicht zu fragen. Ich sag dir schon Bescheid, wann es gut ist."

Ich mache sie los, aber nur an den Beinen, damit sie die Füße hochziehen und auf die Stuhlkante stellen kann. Ich knie mich vor ihr hin. Sie ist weit und offen für mich, ihre rasierten Lippen schimmern feucht und dunkelrot. Als ich ihr langsam über die Innenseiten der Schenkel lecke, zuckt Kim heftig zusammen und legt den Kopf weit zurück. Die Klammern erzittern.

Ich balle die Faust und drücke sie langsam an ihr Loch. Kim stutzt, aber dann atmet sie aus. Sie würde es zulassen, jetzt, übergangslos.

Ich richte mich auf und beginne, ihre Klammern zu lösen. Als das Blut wieder ungehindert durch die Adern fließt, beißt Kim die Zähne zusammen und saugt pfeifend die Luft ein. Dann hebt sie den Kopf.

„Was machst du?", fragt sie.

Ich nehme die letzte Klammer ab und lege sie auf den Boden. Dann gehe ich auf die andere Seite des Zimmers hinüber und öffne meinen Rucksack. Kim lächelt zufrieden, als sie erkennt, was ich in der Hand habe.

„Also doch!", sagt sie zufrieden und lacht leise.

„Augen zu“, befehle ich, als ich wieder vor ihr stehe. Gehorsam schließt Kim die Augen.

Ich öffne meine Jeans, ziehe die Riemen hindurch und drücke sie an den Klettverschlüssen zusammen. Dann prüfe ich den Sitz. Mein Dildo ragt steil in die Luft, seine Spitze zeigt zitternd auf Kims feucht glänzende Lippen. Kim lächelt wieder, als sie das Ratschen hört, mit dem ich die Verpackung des Kondoms öffne, und das leise Quietschen der Gleitgelflasche.

Als ich fertig bin, trete ich einen Schritt näher an sie heran und umfasse ihre Schenkel von innen mit beiden Händen. Die Eichel meines Dildos schmiegt sich an Kims Loch. Dann, mit einer ganz leichten Bewegung meiner Hüften, gleitet sie hinein. Kim stöhnt auf.

Ich ziehe mich wieder heraus.

„Schwein“, flüstert Kim. Meine Hände gleiten zwischen ihren Oberkörper und ihren nach hinten gebundenen Armen hindurch und legen sich um die abgerundeten Stäbe des Stuhl. Dann stoße ich zu.

„Gunn“, flüstert Kim atemlos. „Gunn!“ Und dann beginnt sie zu keuchen.

Ich ficke sie lange. Die Zeit zieht sich dahin, schlingt sich ineinander, zerfließt in Seufzern, Gerüchen, Bewegungen, manchmal auch Schreien. Meine Hände umklammern die Lehne des Stuhls, meine Oberschenkelmuskeln beginnen zu zittern. Ich spüre meine Kraft, ungebändigt, heiße Lust, die mich anstachelt, antreibt.

„Du gehörst mir“, flüstere ich fast lautlos und weiß, dass das gefährlich ist.

Kim antwortet nicht. Ich hoffe, dass sie mich nicht gehört hat, aber sie hat es. Zwischen zwei Stößen hebt sie den Kopf und starrt mich an, für einen Moment. „Ganz und gar“, sagt sie. „Ganz und gar, Gunn.“

Kim schiebt mir ihr Becken entgegen, und mein Schwanz rutscht wieder tief in sie hinein. Dann verschwimmen meine Gedanken.

Kim kommt zweimal hintereinander. Ihre Wange liegt warm an meiner, als sie schließlich entkräftet nach Luft schnappt. „Ganz und gar", flüstert sie.

Ich schiebe sie ein Stück von mir fort. „Nein", sage ich und sehe sie an. „Nein, Kim. Das ist nicht wahr. Du gehörst nur dir selbst. Und das weißt du auch."

Kim starrt mich an, und dann schüttelt sie langsam den Kopf. „Nein", sagt sie sehr leise. „Ich gehöre dir. Ganz und gar. Und das weißt *du*."

Ich schüttele den Kopf, aber ich ahne, dass mein Widerspruch zwecklos ist. Kim hat ihre eigene Wahrheit, egal, was ich sage.

Kim starrt mich immer noch an, mit weit geöffneten Augen. Ihre Pupillen kommen mir riesig vor, die Iris ist so dunkel, dass sie fast schwarz scheint. Ich kann nichts darin lesen. Ich habe nicht die leiseste Ahnung, was Kim jetzt gerade denkt. Und ich weiß gar nicht, ob ich es eigentlich wissen will.

Plötzlich fühle ich mich unbehaglich. Ich will nicht mehr, dass Kim gefesselt ist. Und ich will auch nicht mehr in ihr sein. Hastig ziehe ich mich aus ihr heraus und mache sie los, reibe über ihre Handgelenke, die keine Zeichen von Quetschungen tragen. Früher, ganz zu Anfang, ist mir das manchmal passiert, aber jetzt schon lange nicht mehr. Kim schlingt die Arme um meine Schultern und presst sich an mich. Ein Schmerz geht durch meinen Rücken, aber Kim missdeutet mein Zucken.

„Gunn", flüstert sie. „Gunn, das ist einfach so. Du kannst es nicht ändern."

Sehr langsam löse ich mich von ihr. Als ich mich aufrichte, fällt das Licht des Strahlers hinter mir direkt in Kims Augen. Geblendet kneift sie die Lider zusammen. Ich gehe zum Strahler hinüber und biege ihn weg.

Als ich wieder zurückkomme, hat Kim die Augen geschlossen. Eine Träne quillt unter ihrem Lid hervor. Ich küsse sie fort. Wortlos dreht Kim sich zur Seite.

III

Samstag

„Hat er etwa Fieber? Sein Haar ist immer so feucht", sagt Vera erschöpft und betrachtet ihren winzigen Sohn.

Rasmus schläft in ihre Armbeuge gekuschelt, das flaumweiche, dunkle Haar klebt an seinem Kopf. Ich beuge mich vor und lege zwei Finger auf seine kleine Stirn. Rasmus kneift im Schlaf die Augen zusammen, die Saugblase an seiner Oberlippe erzittert. Seine Temperatur ist in Ordnung, Vera ist nur ängstlich, wie junge Mütter es oft sind.

„Saugen ist Schwerstarbeit", erkläre ich ihr. „Er schwitzt einfach davon."

„Ich auch. Meine Brüste tun mir so weh." Vera atmet tief ein. Auch ihre Oberlippe zittert jetzt, und ich nehme Rasmus hoch und lege ihn in das Kinderbett in der Ecke, damit sie sich entspannen kann.

„Zeig mal her", sage ich, als ich zurückkomme. Vera schlägt die Decke zurück und zieht ihr Hemd hoch. Ihre Brüste unter dem Still-BH sind heiß und hart, als ich sie berühre. Vera saugt die Luft zwischen den Zähnen ein.

„Wir müssen aufpassen, dass du keine Brustentzündung bekommst", sage ich. „Habt ihr Quark da? Dann mach ich dir einen Umschlag, das hilft dir bestimmt. Und vergiss nicht: Kühlen ist wichtig. Außerdem solltest du den Kleinen so oft anlegen wie möglich."

„Aber das tut weh", sagt Vera und beißt sich auf die Lippen, um nicht zu weinen. Dann seufzt sie, schließt die Augen und atmet tief durch. „Mein Gott, bin ich auf einmal müde", sagt sie und seufzt noch einmal. Dann werden ihre Atemzüge länger. Im nächsten Moment ist sie auch schon eingeschlafen. Ich ziehe die Decke über sie und stehe auf.

Einen Augenblick lang betrachte ich Veras leicht geöffneten Mund. Rasmus hat die Form ihrer Lippen geerbt, und auch ihre Himmelfahrtsnase – vorläufig zumindest, aber das wird sich wahrscheinlich noch ändern, denn Nasen verwachsen sich in den ersten beiden Lebensjahren enorm. Zum ersten Mal frage ich mich, wie Rasmus' Vater wohl aussieht. Wer er ist, und ob es ihn überhaupt gibt im Leben dieser drei Menschen, die seit acht Tagen eine Familie sind.

Wir haben nicht darüber geredet, und ich habe auch nicht danach gefragt. Manchmal denke ich, dass es vielleicht Rasmus' unsichtbarer Vater ist, dessen Existenz wie eine Bürde auf Luis lastet und sein Gesicht oft so schwer macht.

Luis fängt mich im Flur ab.

„Alles okay?", fragt er besorgt.

„Komm mit, dann zeig ich dir, wie man Quarkumschläge macht. Sie darf keine Brustentzündung bekommen."

Luis nickt, aber er macht keine Anstalten, mir zu folgen.

„Was ist denn?", frage ich.

Luis blickt zur Küche, aus der Geschirrklapper zu hören ist.

„Lisa sieht mich merkwürdig an. Die ganze Zeit", sagt er leise.

„Bist du dir sicher?", frage ich, obwohl ich ihm sofort glaube. Luis ist ein sehr realistischer Mensch, von seiner übertriebenen Sorge um Rasmus mal abgesehen.

Luis nickt. „Sie starrt mich ständig verstohlen an, wenn sie meint, ich sehe es nicht."

„Vielleicht steht sie auf dich", sage ich und hebe versuchsweise eine Augenbraue.

„Nein", sagt Luis, „nein, nein, Gunn. Dann guckt man anders."

„Ich red mal mit ihr", sage ich. „Aber ansonsten – hilft sie euch gut?"

„Doch", sagt Luis und nickt heftig, und ich weiß genau, dass er ums Verrecken nichts anderes sagen würde. „Doch, das macht sie gut. Sie putzt und bügelt und kocht. Nur, sie guckt eben immer so komisch."

„Tröste dich, es ist ja nur für zwei Wochen."

„Aber dann hab ich auch keinen Urlaub mehr", sagt Luis und legt die Stirn in Falten. „Dann ist alles sowieso anders."

Als er eine Weile später mit genauen Instruktionen versorgt ist – ich will Vera, die immer noch erschöpft schläft, jetzt nicht für einen Umschlag wecken –, mache ich einen Abstecher in die Küche, bevor ich gehe. Lisa steht mit gerunzelter Stirn über ein Kochbuch gebeugt, die stämmigen Beine fest in den Boden gestemmt.

„Lisa?"

Ihr Kopf schwenkt ruckartig herum. „Ja?", fragt sie nervös.

„Kommst du hier zurecht?"

Sie zuckt mit den Schultern. „Ist okay", sagt sie in ihrer üblichen wortkargen Art.

„Gut", sage ich. „Und wenn du mit Luis ein Problem haben solltest, dann erzähl's mir einfach, okay?" Ich lege so viel Wärme in meine Stimme, wie es mir möglich ist.

Lisas Blick flackert zur offenen Küchentür und wieder zurück zu mir. „Äh, nein, ich …"

„Frisch gebackene Väter sind ziemlich empfindlich."

Sie zieht die Nase kraus, aber sie schweigt.

„Okay", sage ich leichthin. „Dann haben wir uns ja verstanden, oder?"

Lisa mustert mich einen Moment lang von unten herauf, dann senkt sie den Kopf. „Ja", murmelt sie und beugt sich wieder über ihr Kochbuch. Ihre Ohren sind leicht gerötet.

„Prima", sage ich in ihren Rücken hinein. Einen Moment tut sie mir Leid. Ich zögere, aber ihre abweisende Haltung macht es mir leicht, einfach zu gehen. Lisa kann auch nichts dafür, dass die Dinge so sind, wie sie sind. Aber sie kann immerhin aufhören, Luis anzustarren. Und das, da bin ich mir sicher, wird sie von nun an auch tun.

Kathrin ist überrascht, mich zu sehen, aber sie scheint sich zu freuen.

„Gunn, hallo!", sagt sie und bittet mich hinein. Irgendwas ist verändert, aber ich weiß nicht, was. Erst, als ich ein paar Minuten am Küchentisch gesessen habe, begreife ich es.

Nicht nur Kathrin ist anders, etwas lebendiger, agiler als sonst. Auch die Wohnung hat sich verändert. Die Kindersachen sind fort. Der Bärchenaufkleber am Sideboard, die Holzente auf der Fensterbank, der bunte Becher. Fast ein Jahr lang habe ich diese Dinge bei jedem Besuch hier gesehen. Jetzt sind sie fort.

Kathrin redet. Ich kenne das schon, ihren leichten Hang zum Manisch-Depressiven; einmal schweigt sie Stunden um Stunden, dann wieder redet sie ununterbrochen. Heute redet sie. Sie redet von ihrer Halbtagsstelle, die sie demnächst vielleicht wieder antreten will. Sie redet und redet, so lange, bis der Tee fertig, eingeschenkt und fast schon getrunken ist. Dann geht ihr der Atem aus, und sie verstummt.

„Hast du was von Jens gehört?", frage ich schließlich.

Kathrin schüttelt den Kopf. Sie betrachtet mich eine ganze Weile lang, dann versucht sie ein Lächeln. „Ich möchte dir etwas zeigen", sagt sie und steht auf.

Ich folge ihr durch den Flur. Am Ende bleibt sie stehen. Dann stößt sie die Tür zum letzten Zimmer auf.

Einen Moment lang bin ich wie geblendet. Gleich darauf wird mir warm.

Das Zimmer ist leer. Die Wiege ist weg, die Wickelkommode, das Mobile an der Decke.

„Ich weiß noch nicht, was ich damit anfangen soll", sagt Kathrin. „Vielleicht stell ich meine Nähmaschine da rein. Oder", sie zuckt mit den Schultern, „oder ich ziehe aus." Sie lächelt schief, als sie meine überraschte Miene sieht.

„Aber ich fühle mich besser", sagt sie. „Viel, viel besser. Leichter. Als hätte ich zehn Kilo verloren oder so. Und trotzdem, meine Füße haften viel besser am Boden. Komisch, nicht, Gunn?" Ein kleiner glucksender Lacher steigt in die Luft und zerspringt an der Decke.

Ich rechne damit, dass sie zu weinen beginnt. Aber sie lächelt. Vorsichtig zwar und äußerst zerbrechlich, aber sie lächelt.

Auf dem Nachhauseweg halte ich bei einem Reisebüro. Seit Jahren sind die Reklameschilder an mir vorbeigeflogen, ohne wirklich in mein Bewusstsein zu dringen. Jetzt parke ich den Wagen im Halteverbot vor einem libanesischen Imbiss und steige aus.

Lange betrachte ich die Auslagen der Schaufenster. Auf den ausgehängten Plakaten und Schildern werden Flugreisen an die entlegensten Orte zu äußerst günstigen Preisen annonciert. Jamaica, Madagaskar, Sizilien locken neben den Standardangeboten. Nichts davon reizt mich. Ich weiß noch nicht einmal, nach welchen Kriterien ich mein Reiseziel wählen sollte. Wärme? Komfort? Oder das Gegenteil: fremde Landschaften, unbekannte Kulturen?

Birgit hat mich damals einen Reisemuffel genannt. Sie hat mich nur zwei Mal dazu bewegen könnten, mit ihr zu verreisen, ein Mal nach Rügen, ein Mal in die Staaten, nach San Francisco, dorthin, wo sie jetzt lebt. Trotzdem glaube ich nicht, dass sie Recht hatte. Ich bin kein Reisemuffel. Ich habe nur die Orte noch nicht gefunden, an die ich fahren möchte.

Als ich mich schon umdrehen will, weckt ein kleiner Zettel in der unteren Ecke des Schaufensters mein Interesse.

Bukarest, Rumänien. Der Flug ist spottbillig, das Hotel aber wird nicht gezeigt, vorsichtshalber vermutlich. Ich nehme mir vor, Inga zu fragen, wie sie eigentlich dorthinkommt.

Rumänien. Ich schüttele den Kopf und gehe zu meinem Wagen zurück, an zwei älteren, Pfeife rauchenden Türken vorbei, die auf Küchenstühlen vor ihrer Haustür sitzen und mich mit ungerührten Mienen betrachten, während sie dichte Rauchwolken in die staubige Augustluft blasen.

In meiner Wohnung ist alles still. Mein Zuhause wirkt, als wäre ich lange nicht da gewesen, dabei schlafe ich jede Nacht hier. Ich habe keine Ahnung, woran das liegt. Aber das ist eines der Dinge, die ich in Angriff nehmen muss. Wenn ich pausiere.

Als ich meinen Rucksack auf den Küchentisch werfe, weiß ich einen Moment lang nicht, was ich machen soll. Zum ersten Mal bekomme ich eine Ahnung davon, wie es sein wird, wenn ich nichts Dringliches mehr zu erledigen habe. Keine Abrechnungen mehr, nichts nachschlagen, keine Listen durchgehen, niemanden mehr anrufen müssen.

Ich schüttele mein Unbehagen ab und gehe zum Anrufbeantworter hinüber. Fünf Anrufe sind aufgezeichnet. Zwei davon stammen von Tanja. Während ich ihrer rauchigen Stimme zuhöre, die mich mit scheinbarer Beiläufigkeit zum Rückruf auffordert, sehe ich aus dem Fenster. Unten, weit entfernt, fliegt eine zerfetzte Plastiktüte über die S-Bahngleise, von einem Zug aufgewirbelt, der schon längst hinter den Bäumen verschwunden ist. Für einen Moment fühle ich mich sehr leer. Dann klingelt das Telefon, und mit einem Tastendruck schalte ich Tanjas Stimme aus und nehme ab.

„Bartoldi."

„He, Gunn. Kommst du heute Abend eventuell mal vorbei?" Kims weiche Stimme flutet in mein Ohr. Ich freue mich, sie zu hören, sehr sogar, und das überrascht mich selbst.

„Ich hab vor, ins *SO* zu gehen", sage ich. „Vielleicht seh ich mal bei dir rein." Drüben sinkt die Plastiktüte langsam auf die Gleise herunter.

„Mach das", sagt Kim. „Ich würde mich freuen. Und sag mal, hast du morgen vielleicht Zeit für mich?"

„Schon wieder?" Ich lege ein Lächeln in meine Stimme, aber Kim geht nicht darauf ein.

„Ja", sagt sie knapp. „Montag ist schlecht. Und Dienstag fahre ich für drei Tage nach München. Zu meinem Vater, weißt du noch?"

„Klar. Sein Sechzigster."

„Also?", fragt Kim. Es ist ungewöhnlich, dass sie mich drängt, so sanft sie es auch verkleidet. Sofort habe ich ein ungutes Gefühl.

„Morgen hab ich Rufbereitschaft, Kim. Kann sein, dass ich wegmuss."

„Macht doch nichts. Ich dachte, wir können spazieren gehen. Im Grunewald."

„Okay", sage ich nach kurzem Überlegen. „Ich hole dich ab. Um zwei?"

„Zwei ist gut."

„Aber wie gesagt – ich habe Rufbereitschaft, Kim. Das muss dir klar sein."

„Klar", sagt Kim. „Klar ist mir das klar."

Beim Auflegen sehe ich, dass ich den Anrufbeantworter versehentlich ausgeschaltet habe; das grüne Lämpchen leuchtet nicht mehr. Ich schalte ihn nicht wieder ein.

Draußen auf den Bahngleisen ist von der zerfetzten Plastiktüte nichts mehr zu sehen, obwohl in der Zwischenzeit kein Zug vorübergefahren ist. Sie ist einfach verschwunden.

Greta lehnt an der Bar, als ich ins *SO* komme. Ihr weißes Hemd betont den Kontrast zwischen ihrem hellen Teint und den dunklen Haaren. Einmal mehr bedauere ich für einen kurzen Moment, dass wir so gut befreundet sind. Greta sieht einfach blendend aus.

„Oh, welch hoher Besuch", sagt sie und küsst mich auf die Wange. „Schön, dass du kommst. Ich hab gerade mit dem Gedanken gespielt zu gehen."

„Ich hatte noch zu tun. Ein bisschen bleibst du noch, oder?"

„Ein bisschen, ja", sagt Greta und zündet sich eine Zigarette an. „Aber nicht ewig. Ich habe noch was zu tun." Sie zwinkert mir zu. „Und, gibt es Neuigkeiten?"

Wir haben heute Vormittag lange telefoniert, Greta ist also auf dem Laufenden. Ich berichte ihr kurz von Tanjas Anrufen, und sie mustert mich nachdenklich. Ich muss nichts weiter sagen.

Von der Seite kommt Dolly auf uns zu, zwei Bier in den Händen, von denen sie eins Greta reicht. „Hallo, Gunn." Sie schenkt mir ihr scheues Lächeln. „Willst du auch ein Bier?"

Ich nicke, und Dolly drückt mir die zweite Flasche in die Hand und macht auf dem Absatz kehrt.

Greta und ich sehen uns an. Dolly ist die geborene Dienerin.

„Und Kim?", fragt Greta.

„Arbeitet drüben. Ich hab sie gerade besucht. Wir sehen uns morgen."

Greta nickt zufrieden. „Gut", sagt sie. „Kim ist klasse, Gunn."

„Weiß ich doch, Greta." Ich lehne mich an den Tresen und sehe mich um. Der Laden ist nicht besonders voll, aber trotzdem schon ziemlich verraucht. Eine nervöse Stimmung liegt in der Luft, die durch die schnelle Housemusik noch weiter angeheizt wird. Ich hab keine Ahnung, womit die Bongo-Party sich eigentlich den Namen verdient hat; die Veranstaltung ist echtes Normalmaß. Ziemlich viele Lesben stehen herum, dazwischen ein paar versprengte Heteropaare mit angestrengt fröhlichen Mienen. Der Schwulenanteil ist heute höher als bei den letzten paar Malen; taxierende Blicke fliegen durch die Luft, die Jungs zeigen Haut und nach Möglichkeit Muskeln.

Dolly kommt mit einem weiteren Bier für sich selbst zurück und schmiegt sich in Gretas Windschatten. Ich trinke ein paar Schlucke, dann gehe ich los, um mich ein wenig umzusehen. Greta und Dolly halten am Tresen die Stellung.

Ich bin schon halb um die Tanzfläche, als ich ein vertrautes Gesicht entdecke.

„Gunn!", grüßt Wally mich freudig.

„Lange nicht gesehen, Wally. Gut siehst du aus!"

„Oh, danke." Wally fährt sich geschmeichelt durchs Haar. „Hab ja auch allen Grund dazu."

„Immer noch Katha?"

Wally nickt stolz.

„Gut gemacht, Wally."

„Finde ich auch", sagt Wally zufrieden.

Wally und ich kennen uns seit ewigen Zeiten. Früher hat sie nicht allzu viel hergemacht, aber in den letzten Jahren hat sich das ziemlich verändert. Obwohl sie immer noch recht unauffällig aussieht mit ihren längeren Haaren und den meist dunklen Klamotten, hat ihr Blick im Laufe der Jahre etwas Kühnes, Entschlossenes bekommen. Manchmal denke ich, wir könnten besser befreundet sein, als wir es sind. Aber irgendwie kommt es nicht dazu.

Eine Weile stehen wir beisammen und reden ein wenig, während sich die Tanzfläche zusehends füllt. Ein Schwung neuer Gäste ist gekommen, und langsam werde ich unruhig. Als ich sehe, wie Katha auf uns zusteuert, nutze ich die Gelegenheit und verabschiede mich.

„Bis später, Wally."

„Bis später", gibt Wally zurück, aber sie hat mich schon halb vergessen. Sie hat nur Augen für Katha, die direkt auf sie zukommt, mit lässigem Gang, die Hände tief in den Taschen ihrer Workerjeans.

Greta und Dolly stehen immer noch am Tresen. Aber sie sind nicht mehr allein. Lenny lehnt neben ihnen, die muskulösen Arme rechts und links auf dem Tresen ausgebreitet. Die beachtliche Wölbung in seiner Hose scheint fast den zerschlissenen Jeansstoff zu sprengen. Wenn jemand Chaps tragen kann, dann ist es Lenny.

„Gunn! Cool. Hilf mir, die zwei hier zu überreden." Er lacht mich an und fährt sich mit einer Hand über den dunklen Bartschatten.

„Wozu denn?"

„Am Dienstag ins *Beluga* zu kommen. Zum HeavyClub. Wär doch mal was, oder?"

„Was sollen wir denn da?", fragt Greta. „Seid ihr Jungs euch nicht mehr genug oder wird euch langsam langweilig so ganz ohne Frauen?"

„Das nicht gerade", sagt Lenny. „Aber der HeavyClub ist doch neuerdings auch gemischt. Und außerdem laufen gleichzeitig zwei andere Sexpartys, eine im *Schwuz* und eine im *Ficken 3000*. Typisch. Mal wieder zu gut organisiert."

„Ihr Schwulen mit euren komischen Sexpartys", sagt Greta kopfschüttelnd. „Und da braucht ihr uns als Lückenbüßer, ja?"

„Nicht als Lückenbüßer", sagt Lenny, der Greta ihre Sprüche nie übel nehmen würde. „Als Ehrengäste!" Er wirft mir einen fragenden Blick zu, und ich komme ihm zu Hilfe.

„Klar komm ich", sage ich. „Aber ich kann nicht so spät. Am Mittwoch hab ich zweite Bereitschaft. Zum letzten Mal. Da muss ich fit sein."

„Und ich muss zur Uni", sagt Dolly. „Klausur."

„Seht ihr", stöhnt Lenny. „Da haben wir's! Einmal, ein einziges Mal erkläre ich mich bereit, eine Party mit zu organisieren, und dann kommt kein Schwein. Nicht mal die einzigen Lesben von Rang."

„Wir kommen", besänftige ich ihn. „Aber ganz früh. Um neun, oder, Greta?"

Greta nickt, und Lenny lächelt zufrieden.

„Gut", sagt er. „Besser als nichts. Kleiner Einstand für den Abend. Und wer weiß ..." Er lässt offen, was er damit meint, aber Greta und ich verstehen ihn auch so.

„Wär nicht die schlechteste Idee", sage ich. Greta und ich werfen uns einen viel sagenden Blick zu, und dann sehen wir beide zu Dolly, die ahnungslos die leeren Bierflaschen über den Tresen schiebt. Lenny, der unseren Blickwechsel verfolgt hat, grinst in sich hinein.

„Na dann." Greta stößt sich vom Tresen ab. „Kommt ihr noch mit ins *Dornbusch?*", fragt sie und nickt zum Ausgang hinüber.

Ich schüttele den Kopf; ich bleibe hier. Die vielen Menschen, die laute Musik beginnen mir gut zu tun. Nachdem mit dem ersten Bier die größte Anspannung von mir abgefallen ist, bedeuten die lauten Technorhythmen sogar eine willkommene Ablenkung für mich. Es ist, als hätte ich vor Stunden eine Pille genommen, die jetzt erst zu wirken beginnt.

„Ich komm mit, aber nur kurz", sagt Lenny. „Ich bin in einer Stunde hier verabredet, mit zwei Freundinnen aus Zürich. Die könnten euch übrigens ganz gut gefallen", sagt er und sieht von Greta zu mir. Dolly lässt er aus.

„Gunn, das übernimmst du, ja?", sagt Greta. „Aber treib's nicht zu wild."

„Kann ich nicht versprechen."

Greta lacht und will sich schon umdrehen, aber dann hält sie inne. „Ach, Gunn, was ich dich noch fragen wollte – wo bleibt eigentlich Bo? Müsste er nicht allmählich aus Schweden zurück sein?"

„Ende des Monats, ja."

Lennart sieht mit hochgezogenen Brauen von Greta zu mir. „Bo?", fragt er langsam. „Ihr kennt einen Bo?"

„Ein guter Freund von mir", erkläre ich. „Wieso, kennst du ihn auch?"

Lennart steht da wie elektrisiert.

„So ein großer, blonder Typ?", hake ich nach.

Lenny antwortet nicht. Für einen Moment sieht sein Gesicht sehr blass aus. Dann kehrt die Farbe in seine Wangen zurück. Abrupt stellt er seine leere Bierflasche ab und richtet sich auf.

„Lass uns losgehen, okay?", fragt er, aber in seiner Stimme liegt ein merkwürdiger Unterton. Eine vage Ahnung kommt mir, aber Gunn lenkt mich ab, bevor ich sie greifen kann.

„Bis Dienstag dann, Gunn", sagt sie. „Wir telefonieren." Sie hebt den Daumen und zieht von dannen, mit Dolly im Arm, gefolgt von Lenny. Ich sehe den Dreien nach.

Manchmal sehne ich mich nach den Zeiten zurück, in denen es Dolly noch nicht gab. Aber damals hat es auch immer jemanden für Greta gegeben. Greta ist eigentlich immer liiert. Trotzdem ist genug Platz für mich. Aber manchmal hätte ich gern mehr davon.

Auf dem Weg zur Tanzfläche muss ich mich zwischen zwei knutschenden Lesben und einer Gruppe wild gestikulierender Transen hindurchschlängeln. Der Laden ist noch voller geworden, die Leute stehen jetzt dicht an dicht, fast ist kein Durchkommen mehr. Als ich mich an einem Trupp junger Schwuler vorbeischiebe, fällt mein Blick auf das Gesicht einer sehr großen Frau, die ich noch nie gesehen habe. Unbeweglich steht sie in der Menge und sieht zu mir herüber. Für einen Moment bin ich wie gebannt von ihren Augen, schönen, leicht schräggeschnittenen Augen, deren Farbe ich in der schwachen Beleuchtung nicht erkennen kann. Dann dreht sie sich um. Ich sehe die kurzen, blonden Haare, die sich um ihren Hinterkopf schmiegen, dann ist sie verschwunden.

Wally und Katha stehen immer noch am Rand der Tanzfläche, dicht nebeneinander, ohne sich zu berühren. Sie sehen sich nicht einmal an, trotzdem ist die Spannung zwischen ihnen fast greifbar. Die beiden sind ein cooles Pärchen, finde ich. Zwei kräftige Butches, einander ebenbürtig, und das ist selten. Obwohl ich wetten würde, dass Wally Katha nur im Bett dominiert. Ansonsten liegt sie Katha zu Füßen.

Kurz bevor ich bei ihnen bin, drehe ich ab und lasse mich von der Menge in die andere Richtung schieben. Ich möchte jetzt nicht mit ihnen reden, auch mit niemandem sonst.

Direkt neben einer der Boxen finde ich meinen Platz. Als ich mich an die Wand lehne, verspüre ich für einen Moment einen Anflug von Einsamkeit. Ich denke an Kim. Und dann an Greta und Dolly, Wally und Katha. Paare. Warum kann ich das nicht – mich binden, eine Beziehung eingehen, innerlich spürbar, sichtbar von außen, wenn auch nur auf Zeit?

Ich schließe die Augen und spüre, wie die Bässe durch meinen Körper vibrieren. Mir ist klar, dass Selbstmitleid nicht angebracht ist. Schließlich ist das Ganze nicht unbedingt ein Frage des Könnens. Sondern des Wollens.

Eine ganze Weile und viele donnernde Musikstücke später kommt Lenny vergnügt auf mich zu, zwei Frauen im Schlepptau. „Darf ich vorstellen?", fragt er. „Das ist Gunn. Und das hier sind Manu und Marion aus Zürich."

Wir nicken uns zu. Manu ist klein und dunkel und sieht grimmig aus, Marion ist größer und ziemlich attraktiv, mit ihren streng nach hinten gekämmten blonden Haaren, den blauen Augen und den aristokratischen Gesichtszügen. Ich finde sie auf Anhieb interessant, trotz oder vielleicht auch gerade wegen der gewissen Arroganz, die sie ausstrahlt.

„Manu und Marion. M-M", sage ich lächelnd.

„Oder Ma-Ma", erklärt Lenny verschmitzt.

Marion schmunzelt, aber Manu verzieht verärgert das Gesicht.

„Sehr witzig", brummt sie, bevor sie sich zu einem halben Lächeln herablässt.

Lenny erklärt den beiden den Hintergrund der Bongo-Party – eine Benefiz-Veranstaltung für Schwulengruppen in Afrika, das ist auch für mich neu –, während ich Marion genauer in Augenschein nehme. Sie ist wirklich sehr attraktiv, und ich bin mir sicher, dass sie das auch weiß. Als sie mir beiläufig einen tiefen Blick zuwirft, durchfährt mich ein Schauer. Im nächsten Moment dreht sich Manu halb zu mir um und funkelt mich zornig an.

Ich hebe eine Braue.

Manu schiebt das Kinn vor.

Bevor eine von uns beiden den Mund aufmacht, rettet Lenny die Situation. „Kommt, wir trinken noch was! Ich schmeiß eine Runde!"

Gemeinsam schieben wir uns zum Tresen durch die Menge. Lenny geht vorneweg, dahinter Marion, und Manu ist direkt vor mir. Als wir einen Bogen um ein tanzendes Pärchen machen müssen, sehen Marion und ich uns über Manus Kopf hinweg kurz in die Augen.

Manu stößt hörbar die Luft aus. Ich wette, sie ist wütend, dass sie ein ganzes Stück kleiner ist als wir. Allmählich beginnt die Sache hier mir Spaß zu machen.

Schweigend stehe ich an den Tresen gelehnt da, trinke in kleinen Schlucken mein Bier und höre zu, wie Lenny und Manu sich über die Vorzüge von Berlin und Zürich unterhalten. Ab und zu gleitet Marions Blick zu mir hinüber, und jedes Mal folgt Manus zorniges Funkeln von unten herauf.

Schließlich stellt Lenny seine leere Flasche ab. „Ich werd jetzt mal losziehen. Mal sehen, was sich noch so aufreißen lässt", sagt er und grinst anzüglich. Manu und Marion sehen ihn schweigend an. Ich weiß nicht, ob sie besonders höflich, ein bisschen steif oder einfach nur unwissend sind. Andere Länder, andere Sitten – vermutlich gilt das auch für die Schweiz. „Vielleicht taucht ja mein Traumkerl endlich wieder auf", fügt Lenny mit einem ernsten Unterton hinzu, dann sieht er mich an. „Gunn, darf ich die Damen hier in deiner Obhut belassen?" Er zwinkert mir zu.

„Wir können gut auf uns selbst aufpassen", sagt Manu.

„Berlin ist aber gefährlich", sage ich. Ein paar Sekunden lang verhaken sich unsere Blicke. Und plötzlich erkenne ich, was das Funkeln in Manus Augen in Wahrheit bedeutet. Ich fange an zu lächeln.

Manu lächelt ganz langsam zurück.

„Gunn kann euch jedenfalls erklären, wie ihr wieder in euer Hotel kommt", sagt Lenny großmütig.

„In welchem seid ihr denn?", frage ich.

„Großbeerenstraße. Pension Kreuzberg", sagt Marion. Es ist das erste Mal, dass sie den Mund aufmacht, und ihr weicher schweizerischer Tonfall klingt fremd in meinen Ohren. Und reizvoll, das auch.

„Die kenne ich", sage ich. Wenn ihr losmöchtet, sagt mir Bescheid. Und …", ich werfe Marion einen tiefen Blick zu, „wenn ihr sonst noch Fragen habt – ich stehe zu Diensten."

„Schön", sagt Marion. „Wir kommen vielleicht drauf zurück."

Manu öffnet den Mund, wie um protestieren zu wollen, aber dann, nach einem Blick zu Marion, macht sie ihn wieder zu.

Als Lenny sich verabschiedet hat, geht Marion zur Tanzfläche hinüber. Manu lehnt sich zu mir.

„Erklär mir was", sagt sie langsam. „Wie kannst du eigentlich als Lesbe Hebamme sein?"

Meine Nackenhaare stellen sich auf. „Ich verstehe die Frage nicht", entgegne ich ruhig.

„Das ist doch nicht normal, Lesbe und Hebamme."

Ich starre sie an. Mag sein, dass da was dran ist. Aber sie hat nicht das Recht, mir das zu sagen. Das hat niemand. Höchstens Greta, vielleicht.

„Das geht dich nichts an, Kleine", sage ich mit mühsam unterdrückter Wut. Manu kneift die Lippen zusammen. Dann nickt sie.

„Okay. Akzeptiert." Mit geradem Rücken geht sie zur Tanzfläche hinüber. Ich sehe ihr nach. Trotz meiner Verärgerung empfinde ich eine Art widerwilligen Respekt für sie. Sie hat uns patt gesetzt, wir sind quitt. Und das ist die beste Voraussetzung für alles, was noch kommen mag.

Von meinem Platz am Tresen aus sehe ich zu, wie Marion tanzt, lächelnd, mit halbgeschlossenen Augen. Ihre langsamen Bewegungen passen erstaunlich gut zu den schnellen House-Rhythmen. Schließlich kommt sie von der Tanzfläche herunter und stellt sich neben Manu. Ich beobachte, wie sie sich zu ihr hinunterbeugt und Manu ihr etwas zuflüstert. Manus Lippen berühren fast Marions Ohr, und dann sehen sie beide wie auf Kommando zu mir herüber. Plötzlich bin ich nervös.

Um mich abzulenken, sehe ich mich um und halte Ausschau nach der großen Blonden mit den schönen Augen, aber ich entdecke sie nicht. Ich versuche mich auf die Musik zu konzentrieren, aber es gelingt mir nicht mehr.

Schließlich kommt Manu zu mir herüber. „He, Gunn?"

Ich stütze mich rücklings mit beiden Ellenbogen auf dem Tresen auf. „An Bord."

Manu lächelt, aber nur kurz. „Wir haben dir einen Vorschlag zu machen", sagt sie ruhig.

„Und welchen?", frage ich. Noch bevor sie mir antwortet, weiß ich plötzlich, was sie mir vorschlagen wird. Und ich weiß auch, dass ich annehmen werde. Im gleichen Moment, als sie den Mund öffnet, stoße ich mich vom Tresen ab.

„Okay", sage ich und werfe einen Blick zu Marion hinüber, die an der Tanzfläche steht und den Blick über die Menge schweifen lässt. Noch während ich hinsehe, dreht sie sich um und sucht meine Augen. Mein Magen zieht sich zusammen. Für einen Moment denke ich an Kim. Gut, dass sie nicht da ist. Das hier würde ihr garantiert nicht gefallen.

„Fragt sich nur, wo", sagt Manu neben mir.

Ich ziehe meinen Autoschlüssel aus der Hosentasche.

„Das ist schon entschieden", sage ich ruhig und sehe Marion entgegen, die mit hellen Augen direkt auf mich zukommt.

Das Zimmer geht auf den Hinterhof hinaus, auf dem eine einsame Birke schützend ihre Äste ausbreitet. Die Einrichtung ist schlicht, aber sehr funktionell. Manu und Marion haben sich ihre Unterkunft offenbar mit Bedacht ausgesucht – das französische Bett hat Überbreite, das Bad ist klein, aber sauber und bestens ausgerüstet mit Dusche, WC und Bidet.

Eine eigentümliche Spannung liegt im Raum. Manu lehnt mit verschränkten Armen an der Kommode. Marion hat sich auf dem Bett ausgestreckt und raucht mit langsamen Zügen eine Zigarette, und ich habe mich auf der Kante niedergelassen. Keine von uns hat etwas gesagt, seit wir nacheinander das Badezimmer benutzt haben.

Ich kenne diese fragilen Momente. Wenn es nicht gelingt, sie zu überwinden, werden wir unverrichteter Dinge wieder auseinander gehen. Weil die Scham übermächtig geworden ist. Jeder schämt sich bei einem Dreier, zuerst jedenfalls, selbst die hart gesottensten Kaliber. Das liegt in der Natur der Sache: Sex ist in erster Linie nun mal auf zwei angelegt. Drei sind einer zu viel. Bis zu dem Moment, an dem es gelingt, das zu ändern.

Eine von uns muss den ersten Schritt tun. Aber weder Manu noch Marion sehen danach aus. Manu starrt mich einfach nur an, und Marion bläst Rauchkringel an die Decke. Ihr rechter Mundwinkel zuckt von Zeit zu Zeit.

Schließlich nehme ich ihr die Zigarette aus der Hand und drücke sie im Aschenbecher aus. „So, und jetzt zur Sache", sage ich.

Mit einem kleinen Lächeln dreht sich Marion zur Seite und schaltet die Nachttischlampe ein. Dann streckt sie sich auf dem Rücken aus und sieht mich auffordernd an.

Ich werfe einen Blick zu Manu, die immer noch unbeweglich an der Kommode steht und uns beobachtet. Langsam beuge ich mich vor und umfasse mit einer Hand Marions Nacken. Augenblicklich legt sie den Kopf zurück. Einen Moment lang betrachte ich ihren Hals, die zarte Wölbung ihrer Kehle, die weiche Mulde darunter. Dann berühre ich sie dort mit meinen Lippen.

Marion erzittert. Ein leises, überraschtes Stöhnen kommt aus ihrem Mund. Als ich meine Hand unter ihr dunkles Hemd schiebe, spüre ich, dass sich ihre Überraschung in Lust verwandelt. Und noch etwas spüre ich: ihre Gänsehaut.

Mit behutsamen Bewegungen ziehe ich Marion das Hemd über den Kopf und lasse es zu Boden fallen. Darunter trägt sie einen schwarzen Wonderbra, der ein wenig verrutscht, als sie sich streckt, um meinen fordernden Händen mehr Platz zu verschaffen.

Manu beobachtet uns immer noch lauernd. Nach einer Weile greift sie hinter sich und schaltet das Deckenlicht aus, und plötzlich ist das Zimmer ganz in den warmen Lichtschein der Nachttischlampe getaucht.

Schatten fallen auf Marions Körper, den ich nach und nach entblöße. Sehnige, glatte Arme, kleine, feste Brüste mit steifen Nippeln, ein flacher Bauch mit einer riesigen Narbe, die sich wie ein lächelnder Mund über dem Schambein wölbt. Ich fahre mit dem Finger darüber, und Marion nimmt den Kopf aus dem Nacken und sieht mich aus schmalen Augen kühl an. Ihre Distanziertheit erregt mich. Und ich sehe ihr an, dass sie das weiß.

Hose und Slip zieht sie sich selbst hinunter, und ich lasse sie gewähren. Es gefällt mir, wie ungeniert sie sich mir zeigt, mit unverhohlenem Stolz auf ihren Körper, seine Schönheit, die Brüche darin: die an den Rändern wulstige Narbe, die Orangenhaut an den Oberschenkeln, das überschüssige Fett an den Hüften. Als sie die Beine leicht spreizt, sehe ich, dass sie rasiert ist; nur ein schmaler Strich aus dunklem Haar ist übrig, der hinauf zum Bauchnabel zeigt.

Ich ziehe mein Hemd aus, meine Stiefel und meine Socken. Prüfende Blicke aus zwei Augenpaaren gleiten von beiden Seiten über meinen Oberkörper, meine Schultern, meine kräftigen Arme, das Tattoo rechts, den Rücken. Ich lasse ihnen ausreichend Zeit dazu. Mein enganliegendes schwarzes Trägerhemd betont, wie gut in Form ich bin.

Dann, als die Spannung im Raum schier unerträglich wird, strecke ich mich neben Marion auf dem Bett aus. Für einen Moment verberge ich ihren Körper vor Manu; einen Moment lang habe ich Marion ganz für mich allein. Ich berühre ihre Wange und sehe ihr in die Augen. Als ich den Kopf ein wenig zur Seite drehe und damit den Lichtschein der Lampe verdecke, weiten sich ihre Pupillen, drängen das Blau ihrer Iris zurück, verdunkeln ihren Blick.

„Komm", flüstert sie und zieht mich zu sich herunter.

Ihr nackter Körper ist heiß. Ich bin noch nicht ganz auf ihr, als sie schon anfängt, sich unter mir zu bewegen. Sie presst sich an mich, hält sich an mir fest, drückt ihre Finger tief in meine Muskeln, wie um sie auf ihre Festigkeit hin zu prüfen. Dann gleiten ihre Hände schnell über meinen Rücken, meinen Hintern, tasten mich ab.

„Du bist groß", flüstert Marion und lacht, und ich verschließe ihren Mund mit meinen Lippen. Ihre Zunge fährt tief in mich hinein, gierig, verlangend. Ich spüre, dass ich zu schwitzen beginne. Ich muss meine Kraft zusammennehmen, um sie zu halten. Sie ist kräftiger, als ich vermutet habe, und sie will, dass ich mich anstrenge. Ich tue ihr den Gefallen.

Bei jeder Berührung, jedem Atemzug bin ich mir Manus regloser Gestalt an der Kommode bewusst. Aus dunklen Augen beobachtet sie uns. Sie hält sich zurück, im Abseits, wie im Schatten, verfolgt mit brennendem Blick jede meiner

Bewegungen, die Reaktionen ihrer eigenen Freundin auf mich.

Etwas an der Art, wie Marion sich mir hingibt, verrät mir, dass sie eine Dreierkonstellation wie diese durchaus gewöhnt ist. Sie hat ihre Augen zu schmalen Schlitzen geschlossen und umklammert meinen Nacken jetzt mit ihren Händen. Meine Stöße scheinen ihr nicht zu genügen, wie verzweifelt drängt sie sich an mich. Ich will mein rechtes Bein zwischen ihre Schenkel schieben, aber sie lässt es nicht zu. Fast schmerzhaft hart presst sie ihren Schamhügel gegen mich, einmal und noch mal und wieder. Beim dritten Mal begreife ich, was sie will. Genauso wie Manu, die sich jetzt von der Kommode löst und zu uns herüberkommt.

„Hast du was dabei?", fragt Manu. Ich schüttele den Kopf.

Manu bückt sich, kramt in einer Reisetasche, die am Kopfende des Bettes steht, und reicht mir dann ein Kondom und einen Dildo herüber. Ich prüfe ihn kurz. Der Harness ist stabil und aus feinstem Leder, der Dildo aus bestem Latex. Das Material schmiegt sich fest in meine Hand und gibt leicht nach, als ich den Daumen hineindrücke. Perfekt.

„Staaten", sagt Manu mit unverhohlenem Stolz in der Stimme. „Extraanfertigung."

„Meiner ist größer", sage ich lässig, lege mir den Harness um, passe ihn an und ziehe mit schnellen Bewegungen ein Kondom auf. Manus verkniffener Mund amüsiert mich. Ich weiß, dass sie mir das eines Tages, sollte sie Gelegenheit dazu haben, heimzahlen wird.

Aber jetzt werde ich erst mal ihre Freundin ficken.

Manu stellt sich ans Fußende des Bettes, während Marion mir erwartungsvoll entgegensieht. Wieder bin ich überrascht von ihrer Ungezwungenheit, als sie sich seitlich abstützt und die Beine spreizt. Ich fasse mit beiden Händen ihre Schenkel und sehe ihr ins Gesicht, während ich mit leichten Bewegungen die Eichel des Dildos zwischen ihre Schamlippen gleiten lasse, einmal hinauf, dann wieder hinunter. Marion zeigt keine Regung. Sie starrt mir einfach nur in die Augen.

Als ich eine Hand von ihrem Schenkel nehme und, ohne hinzusehen, ihre geschwollene Klitoris berühre, zuckt sie heftig zusammen. Manu an der Tür saugt die Luft ein. Und ich stoße zu. Ich stoße Manus Latexschwanz tief in Marion hinein, und Marions Hände finden keinen Halt mehr auf dem glatten Laken. Sie rutscht ab, fällt auf den Rücken und stöhnt auf. Blind greift sie nach mir und zieht mich auf sich hinunter.

Für einen langen, bittersüßen Moment habe ich das Gefühl, mit ihr zu verschmelzen. Ich kenne Marion nicht, werde sie vielleicht nie wiedersehen, und doch habe ich das Gefühl, mich mit ihr zu vereinigen. Es fühlt sich an wie Liebe, aber vielleicht, denke ich, als ich ihr Stöhnen höre und meine Stirn an ihren bebenden Mund lege, vielleicht ist es nur Sehnsucht. Mein Kopf fühlt sich plötzlich an, als würde er gleich platzen.

Manu ist es, die mich aus meinen Gedanken rettet. Ohne dass ich es gemerkt habe, hat sie sich ausgezogen und ist zu uns herübergekommen. Still hockt sie sich neben uns und sieht mich aufmerksam an. Der grimmige Zug um ihren Mund ist verschwunden, jetzt beherrscht eine Art lustvoller Konzentration ihr Gesicht; sie wartet, wartet ab, welchen Platz ich ihr zuweisen werde.

Ich richte mich auf, ohne mich aus Marion zurückzuziehen. Marion lässt mich widerwillig los und hält still. Ich sehe zu, wie Manu sich zwischen uns schiebt, sich auf Marion legt und wie die beiden sich umarmen, in eingespielter Perfektion. Und ich sehe auch, dass Marion Manu deutlich sanfter berührt als mich. Sanfter, und vorsichtiger. Aber dafür auch weniger verlangend.

Marions Augen sind verhangen, als sie an Manus nackter Schulter vorbei zu mir aufsieht. Ich weiche ihrem Blick aus und sehe an mir hinunter.

Manus geringe Körpergröße erweist sich jetzt als Vorteil; sie hat die Beine angezogen und liegt flach auf Marion, die ihre angewinkelten Oberschenkel gegen meine Hüften presst. Manus Arschbacken wölben sich rund und einladend über ihrem feuchtglänzenden Loch, darunter leuchten Marions dunkelrote Schamlippen, die sich eng um den Dildo schmiegen. Ich stecke immer noch in ihr, und während ich diesen sehr anregenden Anblick genieße, hebt sie in einer gewaltigen Kraftanstrengung den Po an und Manu gleich mit hoch. Ich greife schnell nach den beiden Kissen und stopfe sie unter Marion. Und dann schiebe ich mich tief in sie hinein. Und noch tiefer. Marion stöhnt auf, und Manu schlingt die Arme um sie und hält sie fest, während ich sie bumse.

Zwei fremde Frauen. Zwei fremde Körper, Düfte, zwei neue Stimmen, Geräusche. Meine Arme umspannen zwei Körper, meine Hände greifen nach Haut und heißem Fleisch. Manus Körper ist klein und muskulös, Marions weicher und größer, und dennoch kann ich beide nach einer Weile nicht mehr unterscheiden. Irgendwann, übergangslos, ziehe ich mich aus Marion hinaus und gleite höher, und jetzt ist es Manu, die aufschreit, und Marion, die sie fest hält. Und irgendwann stößt Marion mich zurück, dreht sich herum und wirft sich auf Manu. Ich schiebe mich auf die beiden hinauf, suche nach Einlass, mein Dildo findet ihn scheinbar von selbst.

Ich weiß nicht mehr, in wem ich eigentlich stecke, und es ist auch egal. Nicht das ist mehr wichtig, sondern die Hitze, die in mir aufsteigt, der Schweiß, der unsere Körper rutschig macht, die Lust, die sich Bahn bricht, bei Marion, bei Manu, bei mir.

Meine Hände sind jetzt überall, meine Finger ertasten feuchte Haut und geschmeidige Öffnungen und ab und zu auch meinen heißen, bebenden Schwanz, der mir längst festgewachsen erscheint, wie ein Teil meines Körpers, der immer schon zu mir gehört. Ich wundere mich nicht, als ich merke, wie meine Lust noch weiter ansteigt, in einer steil verlaufenden Kurve. Nur ein bisschen Verblüffung ist da, als ich begreife, dass ich dabei bin zu kommen. Im selben Moment bäumt sich eine der beiden Frauen vor mir auf und krampft sich zusammen. Ein tiefes, fast gutturales Knurren steigt aus ihrer Kehle. Und dann stöhnt die andere auf. Und gleich darauf ist es, als ob mich ein Schlag träfe, ein Schlag zwischen meinen eigenen Beinen. Wie ein Blitz aus heiterem Himmel. Ich sacke über den beiden zusammen und höre ganz schwach noch ein Stöhnen, das mir vage vertraut ist.

Es kommt aus mir selbst.

Als wir unsere Glieder schließlich mühsam sortieren und uns voneinander lösen, sieht Manu mich nicht an. Sie steht auf und streift sich ihr T-Shirt über, aber dann kommt sie zu uns zurück. Ich schnalle den Dildo ab und befühle die kleine Erhebung an seiner Unterseite, der ich meinen überraschenden Orgasmus zu verdanken habe.

„Cooles Teil." Ich lege ihn hin. Marion, die sich ausgestreckt hat und immer noch schwer atmet, streichelt meinen Rücken mit langsamen, fast aufreizenden Berührungen. Ich muss sie nicht ansehen, um zu wissen, dass sie noch nicht genug hat. Jetzt nicht. Und vielleicht überhaupt nicht.

„Extraanfertigung, hab ich doch gesagt." Manu setzt sich auf die Bettkante und greift nach dem Aschenbecher.

„Aber meiner ist trotzdem größer", sage ich und grinse, als ich Marions amüsiertes Lächeln sehe. Manu verzieht keine Miene. Gute Freundinnen, soviel ist klar, werden wir beide nie.

Marion fährt ihr durch die feuchten Haare am Hinterkopf. „Du gibst 'ne gute Unterlage ab", flüstert sie neckend, aber Manu zuckt nur mit den Schultern. Ihre Augen fixieren das Tattoo auf meinem Arm.

„Was soll denn das sein?", fragt sie abfällig.

Jetzt zucke ich mit den Schultern. „Was du darin siehst."

„Blöde Antwort."

„Ich find's cool", sagt Marion.

„Ja, du!", brummt Manu und langt nach einem zerdrückten Tabakpäckchen auf dem Nachttisch.

Trotzdem scheint sie besänftigt. Wir bleiben noch eine Weile zusammen. Marion streichelt weiter meinen Rücken, ihre andere Hand liegt, lockere Verbindlichkeit bekundend, auf Manus Schenkel. Die beiden rauchen einen Joint, aber ich lehne ab. Trotz Marions einladender Blicke und ihres unverhohlenen Interesses spüre ich die langjährig gewachsene Zweisamkeit der beiden. Und zum zweiten Mal an diesem Abend fühle ich einen Anflug von Neid.

Schließlich erhebt sich Manu vom Bett, um das Fenster zu öffnen, und ich stehe ebenfalls auf.

Marion sieht schweigend zu, wie ich mich anziehe. Als ich meine Jacke nehme, fischt sie eine Visitenkarte vom Nachttisch und reicht sie mir. Ich bin mir nicht sicher, ob sie vorhin, als wir gekommen sind, schon dort gelegen hat.

„Let's keep in touch", sagt sie und hält mir ihre Wange hin. Ich beuge mich hinunter und küsse sie sanft; ihren Blick will ich lieber nicht deuten. Meine Handynummer notiere ich auf dem Rand der Fernsehzeitschrift. Dann gehe ich zur Tür.

„Ciao, Hebamme", sagt Manu vom Fenster und verzieht ihr grimmiges Gesicht zu einem Lächeln. Aber ihr verächtlicher Unterton hinterlässt in mir ein dumpfes Gefühl, als ich die Tür hinter mir schließe.

Auf dem Nachhauseweg halte ich bei einer Currywurstbude an. Ich habe keinen großen Hunger, aber trotzdem das Bedürfnis, etwas zu essen. Etwas, das den schalen Geschmack in meinem Mund vertreibt. Etwas Scharfes.

Eine kleine Schlange steht vor der Bude, die als eine der wenigen in der Stadt bis in die frühen Morgenstunden geöffnet hat. Ein paar bleiche Nachtgestalten hängen um die beiden kleinen Tischchen vor dem Stand und stochern in ihren Pommes-Frites-Schalen herum. Ein älterer Mann schwankt bedenklich, während er sich ein Stück Wurst nach dem anderen in den Mund stopft. Nur der Laternenpfahl in seinem Rücken verhindert, dass er umkippt.

Vor mir sind zwei junge Burschen in eng anliegenden Sporthemden und mit Basecaps auf den kurzgeschorenen Köpfen an der Reihe. Die Bratwurstverkäuferin, eine dickliche, unechte Blondine mit herausgewachsener Dauerwelle, nimmt ihre Bestellung auf und knallt ihnen kurz darauf zwei Schalen mit ketschuptriefenden Currywürsten auf den Tresen. Dann sieht sie zu mir, und ihr barscher Gesichtsausdruck weicht einem breiten Grinsen, das eine beachtliche Lücke zwischen den Schneidezähnen entblößt.

„Was darf's sein, junge Frau?" Neugierig lehnt sie sich über den Tresen und verschränkt ihre fülligen Arme vor ihrer voluminösen Oberweite.

„Eine Curry mit Brötchen, bitte", sage ich.

„Sehr scharf oder nur ein bisschen?" Sie zwinkert mir zu. Einen Moment lang bin ich versucht, mich umzudrehen, um nachzusehen, ob sie vielleicht jemand anders gemeint hat, aber dann begreife ich, dass ihr Grinsen eindeutig mir gilt. Vielleicht kann sie riechen, woher ich gerade komme und was ich getrieben habe.

„Scharf, bitte", sage ich lächelnd.

Die Verkäuferin fischt eine Currywurst vom Grill, zerkleinert sie fachgerecht und streut mit zackigen Bewegungen einen Riesenschwung Currypulver darüber. Dann schiebt sie mir die Schale hinüber. „Das haben Sie jetzt davon", sagt sie und leckt sich über die Lippen. „Und wenn Ihnen das nicht gefällt, dann überlegen Sie sich, was Sie mit mir anstellen." Sie zwinkert mir erneut zu.

Ihre laute Stimme ist unüberhörbar. Die beiden jungen Männer starren uns verwundert an. Selbst der Betrunkene hört für einen Moment auf zu schwanken und glotzt von mir zur Verkäuferin und wieder zurück.

„Wat ist denn?", brüllt die Verkäuferin zu ihm hinüber, während sie die Münzen, die ich passend auf den Tresen gelegt habe, in ihre Hand wischt. „Noch nie 'ne schöne Frau gesehen oder wat?"

Ich gebe mir keine große Mühe, mir das Lachen zu verkneifen, nehme meine Wurst und lehne mich gleich neben dem Tresen an die Wand.

„Schmeckt's?", fragt die Bratwurstkäuferin laut und beugt sich zu mir heraus.

„Hervorragend." Ich lächele sie an und schiebe mir ein weiteres Stück hyperscharfe Wurst in den Mund. Das viele Curry verätzt mir fast die Schleimhaut, aber irgendwie gefällt mir das. Zum ersten Mal seit Tagen fühle ich mich völlig entspannt, und das habe ich einer übergewichtigen, blondierten Bratwurstverkäuferin mit herausgewachsener Dauerwelle zu verdanken.

Die Verkäuferin nickt zufrieden. „In einer halben Stunde ist Feierabend. Ich dachte schon, es wird nie vier Uhr." Sie fegt ein paar Brötchenkrümel zusammen und wirft sie in eine Pappschale. „Für die Spatzen", erklärt sie.

„Die füttern Sie?", frage ich überrascht.

„Na klar. Dann hab ich wenigstens den berühmten Spatzen in der Hand. Wenn schon sonst nichts", sagt sie anzüglich.

„Stimmt, da haben Sie wenigstens Gesellschaft."

„Ich würde jetzt sagen, ich bin immer gut zu vögeln, aber ich weiß ja nicht, ob Sie das richtig verstehen." Sie grinst. Fasziniert betrachte ich die Lücke zwischen ihren Schneidezähnen. Da passt fast ein Daumen dazwischen; so eine große habe ich noch nie gesehen.

„Vielleicht doch", sagte ich und grinse zurück.

„Aha, dann hab ich ja doch nicht ganz falsch gelegen. Wat denn, habt ihr Genickstarre?", brüllt sie plötzlich zu den beiden Jungs mit den Basecaps hinüber, die mit offenem Mund unser Gespräch verfolgen.

„Man wird doch wohl noch mal kieken dürfen", sagt einer von beiden beleidigt, dann beugen sie sich wieder über ihre Schalen.

„Kieken ja, aber sonst nischt!", ruft die Bratwurstverkäuferin vergnügt und wendet sich wieder mir zu. „Na, und wie war's mit der Schärfe?"

„Ich bin sehr zufrieden mit der Schärfe. Und auch mit der Bedienung."

Sie grinst noch breiter. „Das liegt wohl daran, dass ich selber so scharf wie 'ne Currywurst bin."

„Hoho", ruft der Betrunkene und prallt mit dem Rücken gegen den Laternenpfahl. Im gleichen Moment geht mein Handy, und ich zucke zusammen. Die Nummer auf dem Display sagt mir nichts. Unter den neugierigen Blicken der Umstehenden nehme ich den Anruf an.

Die Stimme ist so leise, dass ich sie kaum verstehen kann. „Gunn", flüstert Marion. „Ich will das noch mal. Aber diesmal allein. Wann sehen wir uns?"

Ich zögere, aber nur kurz. Ihr Anruf stört mich in meiner angenehm leichtlebigen Stimmung. Ich sehe Manus finsteres Gesicht vor mir, Marions brennende Augen. Ich will nicht. Ich will den ganzen Ärger nicht, den das mit sich bringen würde. Das ist es nicht wert. Und wenn doch, dann will ich es gar nicht wissen. Nicht jetzt. Vielleicht irgendwann. Vielleicht aber auch nie.

„Nächstes Mal", sage ich. „Nächstes Mal, okay?"

Marion atmet tief ein. Und dann legt sie auf, ohne sich zu verabschieden.

Als ich mein Handy wieder eingesteckt habe, ist mir der Appetit vergangen. Angewidert betrachte ich die halb aufgegessene Currywurst auf meinem Pappteller, die vom Ketschup schon ganz aufgeweicht scheint, dann werfe ich die Gabel hinauf und lasse alles zusammen in den Mülleimer fallen.

„Na?", ruft die Bratwurstverkäuferin zu mir herüber, als ich ihr zum Abschied zuwinke. „Doch nicht allein ins Bett, was?"

„Doch", sage ich und werfe ihr einen Kussmund zu. „Bis vier kann ich leider nicht warten."

Ihr fröhliches Lachen hängt mir im Ohr, als ich zu meinem Wagen hinübergehe und einsteige. Ich nehme es mit in meine Träume.

Sonntag

Die Sonne strahlt aus einem wolkenlosen Himmel auf den Grunewaldsee hinunter und wirft glitzernde Lichtreflexe auf seine Oberfläche. Überall sind Spaziergänger unterwegs, in der Mehrzahl Hundebesitzer. Der Grunewaldsee ist Hundeauslaufgebiet, eines der wenigen in Berlin, und die Betroffenen wissen das gebührend zu honorieren. Allerdings meist nur bei schönem Wetter; bei Regen und Kälte scheinen viele Leute zu glauben, dass Hunde nicht ausgeführt werden müssen.

„Du siehst müde aus", sagt Kim neben mir und kickt einen kleinen Ast aus dem Weg. „Ist es gestern noch spät geworden?"

„Einigermaßen", sage ich. Kim erwähnt nicht, dass ich nicht mehr im *Dornbusch* vorbeigekommen bin, aber ich weiß, dass sie es registriert hat.

„War's voll?"

„Ziemlich."

Ich sehe Kim von der Seite an, aber sie blickt nicht zu mir her. Die Händen tief in den Taschen ihrer Jeans vergraben, läuft sie neben mir den breiten, von Lichtflecken gesprenkelten Waldweg entlang.

Ein Händchen haltendes Lesbenpaar kommt uns entgegen. Beide sind etwa gleich groß und in meinem Alter, und sie sehen nicht nur gut, sondern auch sehr glücklich zusammen aus. Ihre beiden Hunde, ein schwarzer Mischling und ein weißbraungescheckter Boxer, toben wild knurrend um sie herum. Ich muss lächeln, als ich sehe, dass beide ebenfalls Weibchen sind.

„Und du gehst Dienstag ins *Beluga*?", fragt Kim.

Für einen Moment bin ich überrascht. Ich frage mich, woher sie davon weiß. Dann schalte ich: Lenny vermutlich. Oder auch Dolly. Greta würde ihr so etwas bestimmt nicht erzählen. Greta erzählt nie etwas über mich.

„Mal sehen", sage ich. „Du bist dann ja schon weg, oder?"

„Ich fahre erst Mittwoch."

Was bedeuten könnte, dass sie ebenfalls ins *Beluga* kommt. Ich weiß nicht, ob ich das gut finde. „Warum?", frage ich.

Kim zuckt mit den Schultern und weicht einem kleinen Pudel aus, der kläffend zwischen uns hindurchwetzt. So einsilbig war sie selten.

„Stimmt irgendwas nicht?", frage ich.

Kim sieht mich kurz an und dann wieder weg. „Nein", sagt sie. „Alles in Ordnung."

Mir ist klar, dass sie etwas auf dem Herzen hat, aber ich weiß nicht, wie ich es aus ihr herausholen soll. Darin war ich noch nie gut.

Ein verschwitzter Jogger überholt uns und macht schimpfend einen Bogen um einen übergewichtigen Dackel, der gleichmütig vor seinem betagten Frauchen hertrottet. An der nächsten Weggabelung bleibt Kim stehen und sieht den Hügel hinauf. „Da lang?", fragt sie, und zum ersten Mal an diesem Nachmittag sehe ich ein Glitzern in ihren Augen. Ihr plötzlicher Stimmungswechsel irritiert mich, aber ich lasse mir nichts anmerken.

„Klar. Warum nicht?"

Wir laufen den Weg hoch und schlendern zwischen hohen, Schatten spendenden Bäumen hindurch. Das Hundegebell und Kindergeschrei verklingt nach und nach; hier oben sind kaum noch Spaziergänger unterwegs.

An einer riesigen gepaltenen Eiche biegt Kim zielstrebig nach links ab und schlägt einen schmalen Pfad ein, der von Unkraut fast überwuchert ist. Ich ziehe die Schultern hoch. Diesen Weg kenne ich. Hier waren wir schon einige Male. Ich hätte nicht erwartet, dass Kim mich ausgerechnet heute hierherführt.

Kim geht durch eine schmale Lücke zwischen zwei Büschen, bleibt vor einer kräftigen Birke stehen und lehnt sich rücklings gegen den Stamm. Auffordernd sieht sie mich an.

Ich weiß genau, was sie will. Aber mir ist nicht danach.

Oder doch?

Ich sehe mich um. Dichtes Buschwerk umgibt uns. Nur ein kleines Stück der winzigen Lichtung, auf der wir uns befinden, ist von außen einsehbar, aber auch dort ist weit und breit niemand zu sehen.

„Oder willst du nicht?", fragt Kim.

Ich antworte nicht. Ich stelle mich vor sie und verschränke die Arme vor der Brust. Kim fängt an zu lächeln. Sie legt den Kopf ganz an den Stamm zurück und schiebt das Kinn vor.

Zärtlichkeit wallt in mir auf. Ich habe Lust, sie zu küssen, ihre schönen Lippen, die Narbe über ihrem Mundwinkel, die mir so sehr gefällt. Aber ich weiß, dass Kim etwas anderes erwartet.

Ich trete dicht an sie heran und lege meine Hände auf ihre Hüften. Kim atmet leise aus, als ich meine Finger unter ihr bauchfreies Shirt gleiten lasse und die Daumen leicht in ihren nackten Bauch drücke. Unter meinen Händen verspannt sie sich und fängt an zu zittern.

„Du hast abgenommen, oder?"

„Nein", sagt sie, aber sie lügt. Sie ist dünner geworden. Ich kann es nicht nur sehen, sondern spüren. Ihre Hüftknochen treten spitz hervor, ihre Taille ist schlanker denn je. Aber ich sage nichts mehr. Ich beuge mich vor und küsse die

Narbe über ihrem Mundwinkel. Dann lasse ich meine Hände von Kims Haut auf den rissigen Stamm der Birke gleiten, bis meine Fingerspitzen sich dahinter treffen. Meine Finger gleiten ineinander, verschränken sich. Dann drücke ich zu, presse mich fest an Kim und Kim gegen den Stamm, bis sie nach Luft schnappt und heiser auflacht.

Es ist nicht das erste Mal, dass ich ihr auf diese Weise, an diesem Ort, den Atem raube. Ich weiß, dass sie sich danach sehnt. Und nicht nur danach.

Unsere gemeinsame Sexualität ist von ihrer Sehnsucht geprägt. Manchmal, wenn der Mangel zu groß wird, beginnt Kim, mich herauszufordern, und ich antworte darauf, indem ich sie noch stärker dominiere. Für kurze Zeit macht sie das glücklich. Aber auf Dauer ist das keine Lösung, und das wissen wir beide.

Außerdem es gibt Wünsche, die ich ihr nicht erfülle. Dafür muss sie sich jemand anderen suchen.

Und vielleicht muss sie das überhaupt.

Plötzlich merke ich, dass ich den Druck nicht gehalten habe und dass meine Hände nur noch flach auf dem Stamm liegen. Kim bewegt sich leicht, und ich lasse ganz los und trete zurück.

Kim sieht mich nachdenklich an. Die Enttäuschung in ihrem Blick ist unübersehbar, fast schon zu Frustration geworden. Kim ist nie verärgert, höchstens frustriert. „Du hast keine Lust", stellt sie fest.

Ich schüttele den Kopf.

„Bin ich dir zu viel in letzter Zeit oder was?", fragt sie. „Ich ... wir haben kaum noch Nähe, finde ich. Du bist immer fort."

„Bin ich nicht", sage ich und scheuche den Gedanken an die letzte Nacht beiseite. Und auch den Gedanken an Tanja. „Ich bin nicht fort. Ich bin nur ziemlich ... nervös. Angespannt. Oder wie immer du es nennen willst."

„Abwesend?"

Ich nicke langsam. „Vielleicht", sage ich vorsichtig.

Kim starrt mich an. Die Narbe über ihrem rechten Mundwinkel zuckt. Wieder habe ich das Bedürfnis, sie dort zu küssen, aber diesmal unterdrücke ich den Impuls.

„Du gehst, oder?", flüstert Kim.

Ich weiß nicht, was sie meint. Dann doch.

Wir sehen uns an. Plötzlich merke ich, wie warm es eigentlich ist. Schweiß läuft mir den Rücken hinunter. Die Luft kommt mir aufgehitzt vor, als wäre die Temperatur in den letzten Minuten um zehn Grad gestiegen.

„Was machst du eigentlich?", fragt Kim leise. „Was machst du mit uns?"

Für einen Augenblick ist es, als ob ich sie aus der Ferne betrachtete. Und mich auch. Ich kann keine Verbindung zwischen uns erkennen. Aber was hält uns denn seit so langer Zeit zusammen? Das Bedürfnis nach Zuwendung? Sex? Simple Abhängigkeit?

Von irgendwoher kommt ein helles Geräusch. Erst, als es sich wiederholt, erkenne ich es. Mein Pieper meldet sich. Ich ziehe ihn aus der Tasche und sehe nach der Nummer. Sie gehört Vera. Ein Schrecken durchfährt mich, und ich greife in meine Hosentasche und ziehe mein Handy heraus. „Entschuldige mich einen Moment", sage ich zu Kim und trete ein paar Schritte zurück.

Luis geht sofort dran. „Gunn? Rasmus scheint Fieber zu haben, er ist unheimlich heiß."

„Hast du Fieber gemessen?"

„Ich kann das Thermometer nicht finden!", sagt Luis kläglich.

Ich seufze. „Ich komme vorbei. In einer halben Stunde bin ich da." Ich gebe Luis ein paar Anweisungen und stecke das Handy wieder ein. Dann sehe ich zu Kim hinüber, die immer noch an den Baum gelehnt dasteht und mich aufmerksam mustert. „Tut mir wirklich Leid, aber ich muss los", sage ich.

„Hast du nicht noch eine Viertelstunde Zeit? Kann das nicht warten?" Kim sieht mich an, eine steile Falte zwischen den Augen.

Sie ist zu devot, denke ich plötzlich. Selbst wenn sie protestiert, ist sie zu devot. Und daran lässt sich einfach nichts ändern.

Ich schüttele den Kopf. „Tut mir Leid, Kim. Wir reden ein andermal weiter, okay? Wenn du aus München zurück bist."

Kim zuckt mit den Schultern. Die Unzufriedenheit verdichtet ihr Gesicht, lastet auf ihr.

Sie bekommt nicht genug, aber mehr kann ich ihr nicht geben. Ich habe Angst, sie zu verlieren. Aber ich habe auch Angst, sie weiter an mich zu binden und dabei unglücklich zu machen. Und vielleicht ist es doch an der Zeit, daraus Konsequenzen zu ziehen. Auch wenn keine von uns beiden das wahrhaben will.

Luis öffnet mir aufgeregt die Tür und führt mich strammen Schrittes durch den Flur ins Wohnzimmer, wo Rasmus quengelnd auf dem Sofa liegt. „Ich war mit ihm draußen und hab ihn ein bisschen in die Sonne gehalten", ruft er. „Wegen der Gelbsucht! Und auf einmal habe ich ihn angeguckt, und da war er ganz rot. Und heiß!"

Luis sieht mich verwundert an, als ich zu lachen beginne und Rasmus die Fellmütze vom Kopf ziehe. Der Kleine hat ein hochrotes Gesicht und sieht vom Weinen ganz verquollen aus.

„Luis! Wir haben draußen immer noch 23 Grad. Du kannst dem Kleinen doch keine Fellmütze auf den Kopf setzen und ihn in einen Schafwollanzug stecken."

Rasmus quietscht auf und strampelt kräftig mit Armen und Beinen, sichtlich froh darüber, von der viel zu warmen Kleidung befreit zu sein.

Luis sieht verdutzt aus, dann überzieht verlegene Röte sein markantes Gesicht. „Aber ich habe vorhin noch mal im Elternbuch gelesen, dass man Neugeborene unbedingt warm halten muss", verteidigt er sich halbherzig. „Vor allem den Kopf!"

Ich muss immer noch lächeln, während ich Rasmus untersuche, der vollkommen in Ordnung scheint. Zur Sicherheit messe ich seine Temperatur. Sie ist unauffällig, genau wie seine Gesichtsfarbe, die sich bereits wieder normalisiert hat.

„Wo ist Vera denn?", frage ich beiläufig, während ich dem Kleinen sicherheitshalber noch in Nase und Mund sehe, was er sich glücklicherweise ohne Protestgeheul gefallen lässt.

Luis setzt sich aufs Sofa und piekst seinen Sohn erleichtert in den Bauch, und Rasmus gluckst vergnügt und schielt zu ihm auf. „Unterwegs mit ihrer besten Freundin", sagt er. „Sie musste mal raus." Er piekst Rasmus erneut in den Bauch und beugt sich zu ihm hinunter, um ihn auf die Wange zu küssen. Ich sehe, dass Luis für einen Moment die Augen fest zusammenpresst, während er seine Nase an der zarten Haut des Jungen reibt, der ihm mit beiden Händen auf den Kopf patscht. Dann richtet Luis sich auf. „Hatte die Nase wohl voll von uns beiden Männern", sagt er und sieht mich geradeheraus an. „Kann man ihr ja auch nicht verdenken, oder?"

„Warum?"

„Na, so als ehemalige Lesbe", sagt Luis und zuckt mit den Schultern. „Und dann auf einmal zwei Männer um sich herum. Was, Rasmus?" Er streichelt Rasmus' winzigen Fuß, und Rasmus tritt reflexartig gegen seine Hand.

„Aua", sagt Luis.

Montag

„Und dann ganz langsam nach unten streifen." Ich mache es vor. „Wenn ihr nicht allzu fest aufdrückt, merkt ihr nach ein paar Sekunden, wie die Kinder sich vollkommen entspannen."

Sieben junge Mütter und ein Vater stehen um mich herum und sehen aufmerksam zu, wie ich dem kleinen Santiago mit ein paar sanften Strichen über den Bauch ein zahnloses Lächeln entlocke. Seine Mutter seufzt, als sie sieht, wie er sich unter meinen Händen räkelt und wohlig die Augen schließt. Santiago ist viereinhalb Monate alt und hat das Untergewicht, das ich bei seiner Geburt im Pass eingetragen habe, schon längst wieder aufgeholt. Ein kräftiger, gesunder, überaus lebendiger Junge, dessen Mutter von seinem überbordenden Temperament schwer gebeutelt wirkt, obwohl sie völlig vernarrt in ihn ist.

„Wenn er bloß zu Hause auch davon einschläft!", sagt sie hoffnungsvoll.

„Aber ganz bestimmt. So, das wär's", sage ich und gebe dem Kleinen einen zärtlichen Klaps auf seinen dicken Babyhintern. „Vielen Dank, dass ihr gekommen seid. Macht's gut allesamt. Wenn ihr Fragen habt – ihr könnt gern hier anrufen oder vorbeikommen."

„Aber du bist jetzt erstmal weg, oder?", fragt Santiagos Mutter, während sie ihren Sohn hochnimmt.

„Genau. Ich bin erstmal weg", sage ich leichthin und gehe zum Waschbecken hinüber. Während ich mir die Hände wasche, sehe ich mit leichtem Bedauern zu, wie der junge Vater und die anderen Teilnehmerinnen meines Babymassage-Kurses ihre Kinder anziehen und ihre Sachen zusammenpacken. Alle sind gut gelaunt und unterhalten sich fröhlich miteinander, dazwischen ist das Glucksen und Quietschen der Kinder deutlich zu vernehmen. Nur der kleine Santiago schläft tief und fest in seinem Tragekörbchen am Boden.

Ich betrachte die jungen Mütter um mich herum, zufriedene, gelöste Frauen, die – jetzt jedenfalls noch – ungetrübte Freude an ihrer Mutterschaft haben. Das sind die Momente, die mich mit den anstrengenden, nervenaufreibenden Seiten meines Berufes versöhnen.

Wie die vertrauensvollen Blicke der Frauen, denen ich in großer Not habe helfen können.

Und die Kinder. Die Kinder vor allem.

Manche Babys allerdings kann ich sofort nicht leiden, ohne dass ich es begründen könnte. Jedes Mal erstaunt mich das wieder. Sicher, es liegt auch an den Eltern. Aber in den letzten Jahren ist es mir zum Glück gelungen, alle Schwangeren, mit denen ich nicht zurecht kam, an andere weiterzugeben. Eigentlich ist meine Arbeit mit den Jahren und mit steigender Erfahrung zusehends leichter geworden.

Und totzdem.

„Ciao, Gunn! Danke für alles. Und alles Gute!"

„Tschüs, Monika. Passt gut auf die Kleine hier auf. Und grüß den Großen von mir."

An der Tür verabschiede ich jeden Einzelnen. Peer, der Vater, bleibt einen Moment stehen. „Bis zum nächsten Mal, Gunn. Du kommst ja hoffentlich wieder. Wir jedenfalls ganz bestimmt."

„Bloß nichts überstürzen", sage ich lächelnd und deute auf Mia in seinen Armen, die mich mit großen Augen anstarrt. „Lasst die hier doch erst mal laufen lernen."

Peer lacht. „Aber es macht doch so viel Spaß", sagt er, winkt mir zu und geht davon. Ich sehe ihm nach. Er ist nicht der einzige Mann, der mir gegenüber instinktiv einen kumpelhaften Tonfall anschlägt. Anderen Hebammen gegenüber habe ich dergleichen noch niemals gehört. Aber ich bin hier ja auch die einzige Lesbe. Manche Männer scheinen das zu spüren, ohne es jemals zu realisieren.

Als alle gegangen sind, schließe ich die Tür und schlendere durch den Flur zum Vorsorgeraum hinüber. Aus dem Gruppenraum II kommt gepresstes Stöhnen und leises Babygejammer. Sandra leitet dort einen Kurs für Rückbildungsgymnastik.

Aus dem ersten Untersuchungsraum höre ich die Stimme von Nora. Einen Augenblick bleibe ich zögernd stehen, aber dann klopfe ich an und öffne die Tür. Nora nickt mir kurz zu, um sich dann wieder dem jungen Paar zuzuwenden, das auf den zwei Besucherstühlen Platz genommen hat. Der Mann trägt einen schlafenden Säugling in den Armen.

„Also, zur PEKiP-Gruppe", sagt Nora. „Gut. Wie ist denn der Name des Babys?"

Der junge Mann sieht zu Boden, während seine Partnerin ihn erwartungsvoll anstarrt. Erst als sie ihn anstößt, blickt er auf. „Äh, Mirko. Mirko Lübke."

„Mirko mit c?"

„Hmm", nickt er. „Ja."

„Stimmt doch gar nicht", sagt seine Partnerin barsch.

„Ach nee, mit k", verbessert sich der Mann eilig und wiegt unbeholfen den schlafenden Säugling in seinem Schoß.

Ich muss grinsen. Nora wirft mir einen unwilligen Blick zu. Aber noch während sie mich ansieht, verliert ihr Gesichtsausdruck an Schärfe. Ich beuge mich rasch zu der unteren Schublade hinunter und hole ein Holzstethoskop heraus.

„Äh, was ist PEKiP eigentlich? Ich meine, so richtig genau?", fragt der junge Mann, als ich zur Tür gehe.

„Das ist eine Babyspielgruppe nach dem Vorbild von ..." Noras weitere Antwort kann ich nicht verstehen, weil ich die Tür hinter mir schließe, aber ihre Stimme klingt überaus nachsichtig.

Mein für 19 Uhr angesetzter Termin entpuppt sich als Einzelgespräch mit einer bestens informierten Erstgebärenden um die Dreißig, die mir so energisch und ausführlich Auskunft gibt, als würde sie die Untersuchung leiten und nicht ich. Ich komme kaum dazu, meine Fragen zu Ende zu stellen.

„Gibt es Erbkrankheiten in der Fam..."

„Nein, nichts. Keine Diabetes, kein Bluthochdruck, keine Missbildungen. Nur die Mutter des Kindsvaters, also meines zukünftigen Mannes – wir heiraten im Oktober, am fünfzehnten –, also meine zukünftige Schwiegermutter hat in ihrer Jugendzeit unter leichten Depressionen gelitten, aber das spielt hier ja wahrscheinlich keine Rolle."

„Wahrscheinlich nicht. Wie ist es mit Allergien?"

Sie schüttelt heftig den Kopf. „Gar nichts, gar nichts. Letztes Jahr hatte ich den Eindruck, Heuschnupfen bekommen zu haben, aber dann hat sich herausgestellt, dass mir die Augen vom Ventilator tränten, der auf der Arbeit hing."

„Ach?"

„Ja, beim Arzt war ich zwar nicht, aber ich denke, das ist auch nicht nötig, sich wegen so einer Lappalie ..."

Auch zwischen den Fragen redet sie ununterbrochen weiter, bis mir nach einer Weile der Kopf dröhnt. Ich bin froh, als ich endlich zur körperlichen Untersuchung übergehen kann. Sonst messe ich immer zuerst den Blutdruck, aber jetzt mache ich mich zunächst daran, die Herztöne abzuhören. Dabei darf sie wenigstens nicht reden.

Zuerst glaube ich, mich verhört zu haben. Ich setze das Stethoskop erneut an, verschiebe es, setze nochmal neu an. Nach einer Weile bin ich mir sicher.

„Ich höre zwei Herztöne", sage ich.

Die Schwangere macht den Mund auf und klappt ihn wieder zu. Zum ersten Mal scheint es ihr die Sprache verschlagen zu haben.

„Du bekommst Zwillinge", sage ich.

„Zwi... Zwillinge?"

Ich nicke und setze das Stethoskop noch einmal auf. „Kein Zweifel", sage ich. „Sie sind ganz deutlich zu hören. Ist das bisher noch nicht festgestellt worden? Du bist doch in ärztlicher Behandlung, oder?"

Sie nickt und sieht mich immer noch verdutzt an, dann erscheint ein zögerliches Lächeln auf ihren Lippen. „Zwei?", fragt sie nach. „Ups! Das sind ja ... das sind ja ..."

„Zwei", sage ich. „Aber das bedeutet leider auch, dass wir dich hier im Geburtshaus nicht betreuen können."

„Was?" Ihre Begeisterung schwindet augenblicklich. Empört starrt sie mich an. „Aber warum denn nicht? Ich wollte extra hier entbinden. Wir haben das ganz genau geplant!"

„Weil eine Zwillingsschwangerschaft immer auch eine Risikoschwangerschaft ist. Zwillingsgeburten sind oft komplizierter als normale, und auf eventuelle Notfälle sind wir hier im Geburtshaus einfach nicht so gut eingerichtet wie im Kreißsaal."

„Aber ihr habt doch hier auch alle möglichen Geräte! Einen Wehenschreiber und Medikamente und eine Saugglocke, oder? Und wenn irgendwas schief geht, dann könnt ihr die Schwangeren doch binnen weniger Minuten ins Urban-Krankenhaus schicken!"

Ich muss lächeln, sie hat sich wirklich gut informiert. „Aber wir dürfen nicht operieren", erkläre ich. „Bei Zwillingsgeburten wird manchmal ein Kaiserschnitt notwendig."

Als sie merkt, dass sie mich trotz aller Wortgewandtheit nicht wird überreden können, schwenkt sie um. „Wieso hat mein Arzt das nicht erkannt? Das ist doch unmöglich! Den sollte ich eigentlich verklagen!"

„So was kann schon mal passieren. Die Herzen deiner Zwillinge haben vielleicht gerade im Gleichklang geschlagen, als er dich abgehört hat. Bei denen musst du aufpassen. Die sind gut im Verstecken."

Sie starrt mich einen Moment argwöhnisch an, bevor sie den Witz dahinter kapiert. Trotzdem muss ich noch eine ganze Weile diskutieren und erklären, bevor sie sich geschlagen gibt und grimmig davonmarschiert. Als ich die Tür hinter ihr schließe, ist auch Nora bereits gegangen, und Ruhe kehrt ein.

Müde gehe ich ins Büro, lasse mich in den Drehstuhl fallen und sehe auf den Dienstplan an der Wand gegenüber. Übermorgen bin ich das letzte Mal eingetragen, für die zweite Bereitschaft. Mehrere Geburten stehen in dieser Woche an, es könnte turbulent werden. Und irgendwie hoffe ich das auch.

Eine halbe Stunde später habe ich den notwendigen Bürokram erledigt. Ich will gerade nach der Wäsche im Bad sehen, als es klingelt.

Während ich zur Tür gehe, hoffe ich inständig, dass es kein Notfall ist. Ich möchte gerne nach Hause, vielleicht Greta anrufen, etwas trinken gehen, einfach entspannen.

„He", sagt Tanja und wirft ihre blonde Mähne zurück. „Lässt du mich rein?"

Ich trete zurück und lasse ihr den Vortritt. Tanja wiegt sich leicht in den Hüften, während sie vor mir her in das Büro geht. Dort lehnt sie sich an den Schreibtisch und verschränkt die Arme vor der Brust. Ausgiebig sieht sie sich um.

„Frisch gestrichen habt ihr", sagt sie. „Aber sonst ist alles genauso wie früher. Richtig heimelig." Sie sieht mich an, und ihre Augen verziehen sich zu schmalen Schlitzen. Einen Moment lang hat sie etwas Raubtierartiges an sich, plötzlich wirkt sie wie ein Tiger kurz vor dem Sprung. Meine Nackenhaare stellen sich auf.

„Woher weißt du, dass ich hier bin?", frage ich ruhig.

„Geraten", sagt Tanja. „Einfach geraten." Sie studiert mein Gesicht. Ich setze mich auf Noras Hocker, der federnd unter mir nachgibt. Ich weiß nicht, ob ich mich über ihre Aufdringlichkeit freuen oder ärgern soll. Auf jeden Fall fühle ich mich überrumpelt, und das passt mir nicht so besonders.

Tanja rutscht vor und setzt sich auf meinen Schoß. Der betörende Duft ihres herben Parfums steigt mir in die Nase, und, schwach darunter, ihr ganz eigener Duft. Tanjas schön geschwungener Mund ist nah vor meinem Gesicht. Einen Moment lang sitze ich sehr steif da. Dann sehe ich dieses spöttische Lächeln, das langsam auf ihre Lippen gleitet, und mein Widerstand schmilzt.

„Ich hoffe, du hast jetzt nichts vor", sagt sie rau und streichelt mich mit zwei Fingern im Nacken. Ihre Fingernägel ritzen leicht in meine Haut. Mein Körper reagiert sofort.

„Ich bin hier noch nicht ganz fertig", sage ich ausweichend, um Zeit zu gewinnen.

„Das macht nichts", sagt Tanja. „Dann warte ich einfach auf dich."

Ich weiß genau, dass ich sie nicht los werde. Aber ich bin mir auch nicht sicher, ob ich das überhaupt möchte. Ich blicke zur Uhr an der Wand. Die trockene Wäsche im Bad kann genauso gut warten. Und Greta sehe ich ohnehin morgen.

„Also gut", sage ich. „Fahren wir zu dir."

Tanjas Augen leuchten auf. Augenblicklich rutscht sie von meinem Schoß. „Gerne", sagt sie. „Nur zu gerne, Gunn."

Die Stehlampe im Schlafzimmer wirft gedämpftes Licht in den Flur, als Tanja die Wohnungstür aufschließt. Auf den ersten Blick sehe ich, dass sie sich vorbereitet hat. Die Tür zum Schlafzimmer steht wie zufällig auf, die Bettdecke ist zurückgeschlagen, Licht fällt auf das glänzende Laken. Ich weiß nicht genau, warum es mich stört, aber es ist so.

„Wann kommt Laszlo zurück?", frage ich.

„Morgen", sagt Tanja, legt ihre Arme von hinten um meine Schultern und streicht mit ihren langen Fingernägeln über meinen Hals. Ich mache mich los und drehe mich um.

Im gleichen Moment springt Tanja mich an.

Ich bin kräftig und gut durchtrainiert, aber diesem Ansturm bin ich nicht gewachsen. Mit einem solchen Ausbruch an Begierde habe ich nicht gerechnet, und er erschreckt mich ein wenig. Gleichzeitig erregt mich Tanjas aggressives Verhalten. Ungestüm krallt sie sich an mir fest und schlingt ihre Beine um meine Hüften, während sie mir gleichzeitig in den Hals beißt. Einen Augenblick lang gelingt es mir, das Gleichgewicht zu halten, dann stolpere ich rückwärts, bis ich mit den Waden an die Bettkante stoße und nach hinten falle.

Tanja lacht, richtet sich auf und knöpft sich hastig die schwarze Bluse auf. Ihr Haar ist jetzt schon zerzaust, und als ich unwillkürlich darüber grinse, beugt Tanja sich rasch zu mir herunter und leckt mir quer über das Gesicht. Gleichzeitig presst sie ihren Unterleib fest auf meinen; die Knöpfe meiner Jeans bohren sich unsanft in meinen Schamhügel, aber Tanja scheint gerade das zu gefallen, denn sie stöhnt in meinen Mund hinein.

Ich drehe den Kopf zur Seite und greife nach ihrem Hintern, der sich fest und rund in meine Hände schmiegt. Zur Antwort beißt mich Tanja erneut in den Hals. Sie ist ein wenig zu fordernd für meinen Geschmack, aber das wird nicht lange so bleiben.

„Na warte!", flüstere ich, und dann hebe ich ihren Hintern mit aller Kraft an, stoße sie von mir hinunter und drehe sie flach auf den Bauch. Ich finde den Reißverschluss ihrer Hose nicht sofort, und erst, als der dünne Stoff unter meinen Fingern schon gerissen ist, ertaste ich ihn an der Seite, wie bei Damenhose manchmal so üblich. Tanja windet sich ungeduldig unter meinen Händen, dreht sich ungestüm weg, und wieder reißt Stoff, rutscht, verdreht sich. Mit einem Ruck zerre ich ihr die Hose bis zu den Knien hinunter. Dann drücke ich eine Hand auf Tanjas Kreuz und presse sie fest auf die Matratze, mit der anderen dränge ich zwischen ihre zusammengepressten Schenkel. Tanja ist so nass, dass meine Finger wie von selbst weitergleiten. Ich bin schon halb in ihr, bevor ich es merke.

Dann stoße ich zu.

Einen kurzen Moment lang ertappe ich mich dabei, dass ich mich frage, warum ich das eigentlich tue. Dann erfasst mich die altbekannte Lust wie eine vertraute Freundin und führt mich durch die nächsten Minuten, die sich zu Stunden dehnen.

Als ich mich später neben Tanja ausstrecke, die erschöpft auf dem Rücken liegt, die Augen geschlossen, einen Arm über dem Kopf ausgestreckt, ein befriedigtes Lächeln auf ihren Lippen, weiß ich für einen Moment nicht, wo die Zeit geblieben ist. Und ich weiß auch nicht, wer hier eigentlich wen benutzt und wofür.

Zum ersten Mal, seit ich mich erinnern kann, bin ich mir selbst fremd. Von Grund auf.

„Bleib doch noch", bittet Tanja, als ich mich schließlich aufrichte und nach meinem T-Shirt suche.

„Ich kann nicht." Ich beiße die Zähne zusammen, als ich in die Hocke gehe und mein T-Shirt vom Boden aufhebe. Mein Rücken schmerzt, gleich über dem Steißbein, und ich spüre bereits jetzt, dass der Schmerz hochziehen wird.

Tanja schweigt, während ich mich anziehe. An der Tür legt sie eine Hand flach auf meinen Brustkorb, als wäre ich ein Mann.

Aber ich bin keiner.

„Ich ruf dich an", sage ich.

Sie nickt. Ich warte auf ihr typisches spöttisches Lächeln. Aber es kommt nicht. Stattdessen beugt Tanja sich vor und küsst mich hart auf den Mund.

„Tschüs", sagt sie. „Tschüs, Gunn."

Und dann schlägt sie die Tür hinter mir zu, lauter als nötig.

Dienstag

Auf dem letzten Treppenabsatz begegne ich einem kräftigen, dunkelhaarigen Mann, der mit finsterem Gesichtsausdruck immer drei Stufen abwärts auf einmal nimmt. Ich muss zur Seite springen, um nicht umgerannt zu werden. Das Quietschen, das seine Handfläche auf dem Treppengeländer verursacht, kann ich noch hören, als Luis mir die Tür aufmacht.

„Der hatte es aber eilig", sage ich und deute mit dem Kinn über die Schulter nach unten. „War das etwa euer Besuch?"

Luis tritt beiseite, um mir Platz zu machen, und drückt die Tür hinter uns ins Schloss. „Rasmus' Vater", sagt er leichthin. Als ich seine Augen sehe, weiß ich, wie viel Mühe dieser Tonfall ihn kostet.

Plötzlich ist meine neugierige Frage mir unangenehm. „Tut mir Leid. Ich wollte nicht indiskret sein."

„Schon gut", sagt Luis. „Ist ja kein Geheimnis." Er geht voran durch den Flur. Als wir an der Küche vorbeikommen, rieche ich den einladenden Duft von frischem Kuchen, und meine Nasenflügel weiten sich unwillkürlich. Luis, der sich zu mir umgedreht hat, lächelt.

„Apfelkuchen", sagt er. „Lisas Abschiedsgeschenk. Du kannst gern ein Stück haben."

„Abschiedsgeschenk? Sind ihre Stunden schon rum?"

Luis zuckt mit den Schultern. „Nicht ganz. Aber wir haben uns sozusagen in beiderseitigem Einvernehmen getrennt."

„Oh. Ich dachte …"

„Keine Sorge, sie hat mich nicht mehr schief angeguckt, wenn du das meinst. Aber dafür einen Flunsch bis zum Boden gezogen." Er lacht und stößt die Tür zum Wohnzimmer auf. „Da dachte ich, den letzten Tag schenken wir uns."

Im Geiste mache ich mir eine Notiz, noch einmal mit Lisa zu reden, aber dann wird meine Aufmerksamkeit ganz von Vera in Anspruch genommen, die auf dem Sofa sitzt und mit leerem Gesichtsausdruck zum Fenster hinausstarrt. Die leisen Klänge argentinischer Tangomusik schweben im Raum.

„Ich seh mal nach Rasmus", sagt Luis eilig und lässt uns allein.

Veras Brust ist wunderbar in Ordnung, Schwellung und Hitze sind ganz zurückgegangen. Auch das Stillen klappe jetzt viel besser, wie sie berichtet. Trotzdem ist unübersehbar, dass es ihr nicht gut geht.

„Und sonst?", frage ich.

Vera zuckt mit den Schultern und sieht zu Boden. „Geht so", sagt sie. „Ist schon alles okay so."

„Sicher?", frage ich.

Luis steckt den Kopf ins Zimmer. „Der Kleine schläft tief und fest. Gunn?", fragt er. „Möchtest du jetzt ein Stück Apfelkuchen? Dann mache ich Kaffee dazu."

„Klingt gut", sage ich. „Gerne."

„Und du, Schatz?"

„Ich darf doch keinen Kaffee", sagt Vera eine Spur zu scharf. „Weißt du doch, Luis."

„Ja, klar", sagt Luis und wedelt hilflos mit den Händen. „Aber Tee? Ich mach dir Tee. Oder was immer du möchtest. Caro-Kaffee, zum Beispiel. Den darfst du doch trinken."

„Nein, danke", sagt Vera, jetzt wieder mit milderer Stimme. „Da verzichte ich lieber."

„Okay. Also nichts?"

„Nein." Vera und Luis sehen sich quer durch das Zimmer hinweg an, dann blickt Vera zu mir. „Luis ist so verdammt fürsorglich, dass ich fast wahnsinnig werde", sagt sie, und ich spüre, wie Luis an der Zimmertür zusammenzuckt. „Meine Freundinnen finden, dass er sich aufführt wie der moderne Vater in Person." Sie lacht unfroh und sieht Luis nach, der schweigend in der Küche verschwindet. In ihrem Blick liegt eine nur mühsam unterdrückte Gereiztheit, die mir ein ungutes Gefühl in den Bauch treibt.

Und viel später, lange nachdem ich meinen Kuchen gegessen, ein paar Worte mit einem plötzlich sehr schweigsamen Luis gewechselt und die Wohnung verlassen habe, erst viel später geht mir auf, dass ich diesen Blick eigentlich schon öfter bei Vera gesehen habe.

Bei jeder Vorsorgeuntersuchung war Luis dabei gewesen, entweder als stummer Begleiter in einer Ecke des Raumes oder schweigsam im Wartezimmer ausharrend.

Eines Nachmittags war ich zufällig anwesend, als Vera einen Termin bei einer der anderen Hebammen hatte. Dass die Schwangeren nach und nach alle Hebammen im Haus kennen lernen, ist bei uns Standard, und Luis lächelte mir schüchtern zu, als ich am Wartezimmer vorbeiging. Einer plötzlichen Regung folgend, ging ich zu ihm hinüber und setzte mich neben ihn.

„Hi, Luis. Alles in Ordnung bei euch?"

„Ja, prima", sagte er. „Alles okay."

„Du machst keinen Geburtsvorbereitungskurs für Paare mit, oder? Ich hab eure Namen nicht auf der Liste gesehen."

Luis schüttelte den Kopf, dann lächelte er. „Du gibst ja keinen Paarkurs", sagte er.

Ich grinste. „Nein", sagte ich. „Ehrlich gesagt, diese Vorbereitungskurse sind mir immer schon auf den Senkel gegangen. Ich kann nicht so gut mit übereifrigen werdenden Eltern. Eher mit frisch gebackenen. Die sind nicht mehr so sehr von sich selbst überzeugt."

Luis lachte und lehnte sich in seinem Stuhl zurück. Ich betrachtete sein Profil, das energische Kinn, den bitteren Zug um seinen sanft geschwungenen Mund. Ein gut aussehender Typ, aber irgendwas stimmte nicht mit ihm. Von Anfang an hatte ich eine besondere Art von Zuneigung für Luis empfunden. Er war ein Kerl von Mann, und trotzdem weckte er eine Art Beschützerinstinkt in mir.

„Und wenn", fuhr ich fort, „dann würde ich auch keine gemischten Kurse mehr geben. Nichts gegen dich, aber die meisten Männer tun geradewegs so, als würden sie selber das Kind auf die Welt bringen. Das ertrag ich einfach nicht mehr."

„Kann ich mir vorstellen. Wahrscheinlich wäre ich auch so." Luis schmunzelte, dann wurde er ernst. „Gunn", sagte er. „Kann ich ..." Er kratzte sich im Nacken. „Ich würde dir gerne was erzählen. Ich mein, ich weiß nicht, ob es wichtig ist. Vera findet, es sei egal, aber ich ..." Er kratzte sich wieder im Nacken.

„Ich bin ganz Ohr."

„Ich ..." Luis druckste herum. Ich sah einen leichten Schweißfilm auf seiner Stirn. Er spürte ihn ebenfalls, denn er wischte darüber und sah mich nervös an.

„Ich behalte es für mich", bot ich ihm an. „Auch Vera gegenüber, wenn du das möchtest."

Er nickte langsam. „Ich bin kein biologischer Mann", sagte er und verstummte im nächsten Moment wieder. Ich versuchte, mir meine Überraschung nicht anmerken zu lassen. Wenn ich es recht bedachte, war es eigentlich auch gar nicht so überraschend, was er mir da erzählte.

„Das macht ziemlich viele rechtliche Probleme", fuhr Luis fort. „Auch in Bezug auf das Kind. Vera und ich sind seit vier Jahren zusammen, und sie war Anfangs nicht so begeistert, dass ich ..." Er sah mich vorsichtig an, bevor er weitersprach. „Es ist ein bisschen ein Deal: Sie unterstützt mich, und ich unterstütze sie und das Kind. Ich freue mich wie wahnsinnig darauf. Aber ich bin in einer reichlich unsicheren Position.

Nächstes Jahr ziehe ich den letzten Schritt durch, dann sieht das anders aus, aber im Moment ... Ich weiß nicht, ob das eine Rolle spielt."

Unsicher sah er mich an und dann wieder auf seine Hände. Es gab keinen zwingenden Grund, mir das alles zu erzählen, aber er hatte es getan. Und mir war klar, was das bedeutete.

„Das spielt keine Rolle", sagte ich und lächelte ihn an. „Mach dir keine Sorgen. Das spielt keine Rolle. Überhaupt keine."

Er nickte, sichtlich beruhigt. „Gut", sagte er. „Gut. Das ist gut."

Miguel, der Türsteher, steht breitbeinig im Eingang und beaufsichtigt die Straße. Viel ist nicht los, nur ein Trupp junger Araber trabt auf dem gegenüberliegenden Bürgersteig vorbei. Dieses Ende der Dresdner Straße liegt ein bisschen abseits, für das *Beluga* und seine manchmal ziemlich verwegene Gästeschar durchaus von Vorteil.

„Hallo, Miguel!"

Sein kantiges Gesicht verzieht sich zu einer Grimasse, die vage einem Lächeln ähnelt. „Früh dran, Gunn." Er nickt mich nach hinten durch, und ich trete in den dunklen Gang, der in den schummrig beleuchteten Barraum mündet.

Der Laden ist so gut wie leer, die Musik ist noch leise gestellt. Zwei Ledermänner hocken am Tresen über ersten Bieren und belauern den Barmann, ein wahres Urgestein von Macker.

Ich hänge mich an den Tresen. Die beiden Ledermänner taxieren mich kurz und ziehen es dann vor, weiter den Kraftprotz hinter dem Tresen zu beäugen.

„Ein *Becks*, bitte."

Der Barmann nickt. „Suchst du die anderen Mädels?"

„Wenn du damit auch Lenny meinst, ja."

Er verzieht keine Miene, während er mir eine Bierflasche über den Tresen zuschiebt. „Hinten", sagt er. Und dann lächelt er doch.

Die *Beluga*-Bar hat keinen Keller und auch keinen Darkroom, dafür aber ein Hinterzimmer. Zu flauen Zeiten wird dort abgehangen und Billard gespielt. Wenn die Stimmung steigt, so hat Len es mir erzählt, dimmt der Barmann das Licht und macht die Tür zu. Manche dieser spontanen Sessions dauern angeblich mehr als zwei Tage; ich weiß nicht, ob das stimmt, aber den schwulen Brüdern trau ich so einiges zu.

Jetzt steht die Tür zum Hinterzimmer weit offen. Als Erstes sehe ich Lenny und Greta, die nebeneinander auf einer Truhe an der Stirnwand hocken, jeder mit einem Bier in der Hand.

„He, Gunn!", ruft Markus, der neben ihnen an der Wand lehnt. „Was für eine Überraschung!"

„Heuchler." Ich begrüße ihn, Lenny und Greta mit einem Kuss auf die Wange, dann nicke ich zu Dolly hinüber, die an dem großen Billardtisch in der Mitte des Raumes lehnt.

„Und das sind Reto und Willem", sagt Markus und deutet zum Andreaskreuz hinüber, wo zwei Typen nebeneinander lehnen, ebenfalls mit Bierflaschen in den Händen. Reto, einen knackigen Schweizer mit einem Piercing in der rechten Augenbraue, kenne ich, aber seinen Kumpel hab ich noch nie gesehen. Er ist groß, dunkel und kräftig, und seine auffallend hellgrauen Augen verleihen seinem Gesicht eine beunruhigende Schärfe. Schweigend nickt er mir zu.

„Also, da bin ich", sage ich und hebe meine Flasche. „Prost allerseits. Und? Was steht an?"

„Na, was wohl!" Lenny zwinkert mir zu und steckt sich dann die Bierflasche in den Mund, um mit ein paar schnellen Gesten einen Blowjob anzudeuten.

„Schwein", sage ich grinsend. „Bisschen undersexed, oder was?"

„Nein, das nicht. Aber ich dachte, ich geb dir mal Gelegenheit zu zeigen, was in dir steckt."

„Wenn, dann bestimmt kein Bläser. Die Zeiten sind Gott sei Dank vorbei. Aber was anderes könnte ich dir schon noch beibringen."

„Pass bloß auf, Len", sagt Greta und lacht. „Gunn ist im Stande und macht Ernst."

„Könnte er brauchen", sagt Markus. „So eine richtige Domina, das wär's doch, oder, Lenny-Baby?"

Wir plänkeln eine Weile herum, und wieder einmal erweist Lenny sich als Meister in witzigen, obszönen Bemerkungen. Eine lockere Atmosphäre herrscht im Raum, die auch nicht dadurch getrübt wird, dass weder Dolly noch Willem ein Wort sagen. Dolly trägt ein unverhohlen lüsternes Grinsen auf den Lippen, während sie aufmerksam unser Wortgefecht verfolgt, Willem hingegen lehnt ungerührt an der Wand. Von Zeit zu Zeit werfe ich ihm einen Blick zu, und jedes Mal sehe ich, dass er Lenny aus schmalen Augen beobachtet.

„Okay, Einstand", sagt Lenny schließlich und sieht auffordernd in die Runde. Bis auf Willem, den spart er aus. „Wer bückt sich zuerst?"

Auch das ist nur Spaß, aber zu meinem Erstaunen geht Dolly tatsächlich darauf ein. Probeweise klopft sie auf den Billardtisch. „Hält der denn was aus?"

„Klar", sagt Lenny. „Kleine, geile Weiber bestimmt. Also los, hock dich hin!"

„Sitz, du Sau!", sage ich laut.

Wir lachen alle, sogar Willem schmunzelt. Dolly setzt sich gehorsam auf den Rand des Billardtisches. „So, und das war's schon?", fragt sie mit blitzenden Augen.

„He", sage ich drohend. „Pass auf, was du sagst."

„Tut mir Leid", sagt Dolly und sieht mich mit einem frechen Grinsen an.

„Ach, wirklich? Wie sehr?"

„Find's doch raus."

„Sei bloß nicht so vorlaut, Kleine, sonst setzt es was!"

„Bitte", sagt Dolly und leckt sich langsam über die Lippen.

„Oh, Mann", stöhnt Markus, „das kann ich mir echt nicht mehr anhören. Ich gehe lieber mal nachgucken, was sich draußen so tut. Ob schon ein paar schwere Jungs reingekommen sind, zum Beispiel. HeavyClub ist HeavyClub, oder?"

„Ich komm mit", sagt Reto, fischt Willems und seine leere Bierflaschen vom Boden und folgt Markus zur Tür. „Nachtanken. Der Abend wird bestimmt lang."

Sein bedächtiger Schweizer Akzent erinnert mich an mein Abenteuer von vor ein paar Nächten; einen Moment lang muss ich an Marion denken. Sie hat nicht mehr angerufen. Aber eine SMS hat sie geschickt, eine SMS mit nur drei Worten: *Ich komme wieder*.

An der Tür dreht Markus sich mit einem verschmitzten Lächeln um, bevor er zum Lichtschalter greift und das Licht dimmt. Dann fällt die Tür hinter ihm und Reto zu.

Mit einem Schlag ist die heitere Stimmung verschwunden, eine gespannte Atmosphäre liegt jetzt im Raum.

„Okay", sagt Lenny langsam. Ein harter Zug liegt jetzt um seinen Mund, und noch während ich ihn ansehe, wendet er den Blick ab und sieht zu Willem hinüber, der immer noch reglos an der Wand lehnt. Seine eisgrauen Augen registrieren jede Bewegung von Lenny, der für einen Moment abschätzig die Mundwinkel herunterzieht.

Dann rutscht er von der Truhe hinunter und klappt den Deckel hoch, und auf einmal machen die vielen unscheinbaren Haken an Wänden und Decke einen Sinn. Lenny bückt sich, zieht etwas aus der Truhe und wirft es mir zu. Ich fange das Teil gerade so auf. Es ist eine neunschwänzige Katze, die nahezu unbenutzt aussieht. Als ich sie an die Nase halte, nehme ich den durchdringenden Geruch nach frischem Leder wahr.

„Na los", sagt Lenny, „worauf wartest du noch? Tu ihr schon den Gefallen." Er deutet zu Dolly hinüber, die immer noch auf der Kante des Tisches sitzt.

Dolly stößt hörbar die Luft aus und verschränkt die Arme vor der Brust. Greta und ich tauschen einen Blick. Dann nickt Greta langsam.

„Komm schon, Gunn", sagt sie. „Zeig's ihr."

Nachdenklich wiege ich die kurze Peitsche in der Hand. Der Ledergriff ist angenehm breit und gut geformt, die langen Riemen sind gleichmäßig geschnitten.

Lenny bückt sich erneut, zieht rasselnd eine schwere Kette aus der Truhe und lässt sie zu Boden fallen. Dann wirft er ein paar Lederfesseln auf den Billardtisch, knapp neben Dolly, die angespannt zusammenzuckt. Ich sehe das Leuchten in ihren Augen, und wieder werfe ich einen fragenden Blick zu Greta. Ich will keinen Fehler machen. Keine Frau, kein kurzes oder auch langes Vergnügen ist es wert, unsere Freundschaft auf Spiel zu setzen oder auch nur in Missstimmung zu bringen.

Gretas Augen sind dunkel und klar. Ich kann Lust darin erkennen – vielleicht ist es meine eigene, die in mir aufgeflammt ist und sich in ihnen spiegelt.

Wieder nickt mir Greta zu. „Bitte sehr", sagt sie. „Bedien dich, Gunn."

Zwei weitere Fesseln landen auf dem Billardtisch, und ich gehe zur Truhe hinüber. Vier Augenpaare sehen zu, wie ich ein ledernes Halsband und einige lange Riemen herausgreife und auf ihre Festigkeit prüfe. Dann drehe ich mich zu Dolly um, die mich aufmerksam beobachtet.

„Zieh dich aus", sage ich leise. „Und dann hock dich hin."

Dolly zögert keine Sekunde. Aufreizend langsam knöpft sie ihr schwarzes Hemd auf und zieht es sich über den Kopf, ohne mich aus den Augen zu lassen. Schweigend sehe ich zu, wie sie sich ihr Unterhemd auszieht, die Stiefel aufschnürt und sich ihrer schweren Arbeitshosen, des Slips und der Socken entledigt. Dann steht sie nackt vor mir. Ein Zittern geht durch ihren schmalen Körper, als ich mit dem Kinn zum Billardtisch deute.

„Worauf wartest du?", frage ich drohend.

Dolly gehorcht augenblicklich. Ohne ein weiteres Wort klettert sie auf den Tisch und hockt sich hin. Erwartungsvoll sieht sie zu mir auf. Ich nicke erneut, und sie dreht sich um und hockt sich auf allen Vieren in die Mitte des Tisches.

Ich stecke mir die Peitsche in den Hosenbund, nehme das Halsband und werfe es Greta zu. Greta fängt es geschickt auf, geht zu Dolly hinüber und legt ihr mit geübten Bewegungen das Band um. Dann zieht sie einen der Lederriemen durch die Schnalle und stellt sich mir gegenüber ans Kopfende des Tisches. Ihrem sanften Zug folgend, senkt Dolly gehorsam den Kopf. Über ihren nackten Körper hinweg sehen Greta und ich uns an.

Das hier ist Premiere. Greta hat einmal zugesehen, als ich es Kim besorgt habe, tief in der Nacht, auf der Toilette im *Dornbusch*. Aber mitgemacht hat sie noch nie.

Aus dem Augenwinkel bemerke ich, wie Lenny, der die Szene atemlos verfolgt hat, zu Willem blickt.

„Komm her", sagt er ruhig. Seine Stimme dringt scharf und klar durch die Stille des Zimmers.

„Komm du doch." Willem stellt sich breitbeinig hin. Dann langt er zu seinem Gürtel hinunter und öffnet ihn. Ich kann die Ausbuchtung hinter seinem Latz erkennen, und ohne die geringste Scheu zieht Willem seinen Reißverschluss herunter und packt seinen Schwanz aus. Es ist ziemlich lange her, dass ich ein Original gesehen habe, aber ich kann mich ganz gut an die Größenverhältnisse erinnern. Was Willem zu bieten hat, ist ziemlich beachtlich.

Lenny grinst, als er sein Bier endgültig abstellt und sich in Bewegung setzt, auf seinen Herausforderer zu. Im Gehen zieht er sich das Rippenshirt über den Kopf und wirft es hinter sich. Es landet genau in der Truhe, als hätte Lenny diesen Wurf schon zigmal geübt. Und vielleicht stimmt das ja auch.

Dann ist Lenny bei Willem, stemmt einen Arm gegen die Wand und greift nach seinem Schwanz, und Willem stellt seine Füße weiter auseinander, lehnt den Kopf an die Wand und schließt langsam die Augen.

Ich sehe wieder zu Greta, die eine Braue hebt und mir zunickt. Dann ziehe ich die Peitsche aus meinem Hosenbund, lasse die Riemen ein paar Mal in meine Hand klatschen und hebe sie hoch.

Im gleichen Moment, als ich zuschlage, stöhnt einer der beiden Kerle laut auf. Einen Augenblick später ist es Dolly, die aufstöhnt.

Ich hebe wieder die Peitsche. Gretas Augen auf der anderen Seite des Tisches scheinen zu glänzen, ein Lächeln umspielt ihren Mund. Dann zischt die Peitsche erneut durch die Luft.

Nur unser Atem erfüllt jetzt den Raum, das Keuchen der Männer, Dollys Stöhnen, das Sirren der Peitsche, die durch die Luft saust, wieder und wieder.

Mir ist sehr heiß, und ich erbebe bei jeder Bewegung. Die Luft ist auf einmal trocken und staubig; jedes Geräusch dröhnt in meinen Ohren. Es ist ein ungewohntes Gefühl, die Anwesenheit der Männer zu spüren. Unsere fünf Körper sind wie vor Energie pulsierende Punkte im Raum, fremd und doch miteinander verbunden, unabhängig voneinander beschäftigt und doch aufeinander bezogen. Ich sehe nicht zu Lenny und Willem hinüber, und doch bekomme ich genau mit, was sie tun und auch, was sich in ihnen abspielt. Und ich weiß, dass es ihnen genauso ergeht. Es ist, als ob wir uns gegenseitig vorantrieben, die Lust in den anderen weiter entfachten, immer mehr, immer stärker. Jetzt, in diesem Moment, in diesem Raum, sind wir ein Leib.

Bei jedem Schlag zuckt Dolly zusammen. Ihr knackiger Hintern färbt sich hellrot, die dunklen Lippen zwischen ihren Schenkeln beginnen zu glänzen. Gretas Augen leuchten, als sie mich anlacht. Zwei-, dreimal ruckt sie am Halsband, und beim vierten Mal begreift Dolly und fängt an zu zählen. Heiser durchdringt ihre Stimme das Keuchen der Männer, wird nur vom Klatschen der Peitsche übertönt.

Ich passe gut auf, wohin ich treffe. Nur auf den Arsch, waagerecht, senkrecht und quer. Dann über die Schenkel, aber nur einmal. Das Fleisch dort ist zu empfindlich, Dolly ist nicht besonders gepolstert. Kaum mehr als Kim.

Bei einundzwanzig halte ich inne und trete näher an Dolly heran. Vorsichtig streiche ich über die Striemen auf ihrem Hintern. Bereits jetzt schwellen sie an.

„Kleine Stützhilfe nötig?", fragt Greta von der anderen Seite des Tisches.

Ich schüttele den Kopf und drehe die Peitsche langsam in meiner Hand um. Dann fische ich ein Safepack aus meiner Tasche.

„Das nenn ich Kompetenz", sagt Greta anerkennend und lächelt zufrieden, während ich behände das Kondom über den Peitschengriff ziehe und das Gleitgel aus dem dünnen Beutel darüber verteile.

„Ich bin eben immer gut gerüstet, für alle Fälle." Ich beuge mich leicht über Dolly, die jetzt noch stärker zittert als zuvor. Sie kann mich nicht sehen, Greta hält ihr Halsband in eisernem Griff. Aber dennoch scheint sie zu spüren, was hinter ihr vorgeht. Ich beuge mich weiter nach vorn und bringe meinen Mund näher an ihren glatt rasierten Schädel.

„Dir habe ich einen Dauerständer zu verdanken, Baby", sage ich ruhig. „Kannst du ihn spüren?" Ich schiebe die Peitsche an ihre Lippen, und Dolly erbebt. „Wie wär's, wenn du jetzt ganz brav stillhältst, damit ich ihn dir bis zum Anschlag reinschieben kann? Und dann pumpe ich dich ein bisschen. Und am Ende spritze ich dich voll. Und vielleicht, aber nur vielleicht, und nur, wenn du brav bist, lass ich dich auch kommen." Ich schiebe die Peitsche ein kleines Stückchen in Dolly hinein. Als ich aufsehe, entdecke ich, dass sich der Ausdruck in Gretas Augen verändert hat. Ich drehe mich um.

Kim steht in der halbgeöffneten Tür und sieht mich an. Ihre Lippen sind fest zusammengepresst, und ich kann Wut in ihren dunklen Augen lesen, aber auch Faszination. Für einen Moment ist mein Kopf vollkommen leer. Ich zögere, aber nur kurz. Dann nicke ich Kim zu, und sie kommt herein, macht die Tür hinter sich zu und lehnt sich daneben an die Wand. Langsam verschränkt sie die Arme vor der Brust.

Ich sehe zu Lenny und Willem hinüber, die immer noch ganz aufeinander konzentriert sind. Dann wechsele ich einen Blick mit Greta, die um den Tisch herumkommt, ohne den Ledergurt loszulassen. Übergangslos übernimmt sie die Peitsche aus meiner Hand und schiebt den Griff langsam weiter in Dolly hinein, die überrascht aufkeucht.

Ich gehe zu Kim hinüber, ziehe einen Handschuh aus meiner Tasche und streife ihr mir über. Ein Rest Gleitgel ist übrig, den ich sorgsam darüber verteile. Ich bin noch nicht ganz fertig damit, als Kim nach meiner Hand greift und sie mit dem sanften Druck ihrer Finger zur Faust ballt. Fragend sehe ich auf.

Kim nickt langsam, öffnet ihre Hose und schiebt sie sich über die Hüften. Dann lehnt sie sich zurück und stemmt ihre schlanken Beine weit auseinander. Als sie die Augen schließt, muss ich fast lächeln. Sie kann es zwar nicht wissen, aber jetzt nimmt sie exakt dieselbe Haltung ein wie Willem ein paar Minuten zuvor.

Ich senke die Faust und stütze mich mit der anderen Hand flach an der Wand ab. Ich habe keine Ahnung, ob das Gleitgel reichen wird für das, was Kim von mir will. Ich habe auch keine Ahnung, ob sie entspannt genug ist oder ob heimlich schwelende Wut ihre Muskeln verkrampfen und mir den Einlass versperren wird.

Aber das Gegenteil ist der Fall. Als meine Faust Kim zwischen den Beinen berührt, spüre ich, dass sie bereit ist. Ich gehe leicht in die Knie. Ganz vorsichtig strecke ich meine Finger und schiebe sie langsam in sie hinein.

Kims Halsmuskeln spannen sich an. Meine Knöchel drücken gegen den Muskelring um ihren Eingang. Ich presse meinen Daumen eng gegen die Handfläche und drehe die Hand, ganz langsam nach links, dann in die andere Richtung. Kims Kehlkopf hüpft, als sie schluckt. Ihr Kinn fängt an zu zittern. Wieder bewege ich meine Hand, gleite noch ein bisschen weiter. Ihr Muskelring dehnt sich, dann wird es heiß. Einen Moment hält Kim mich mit aller Macht fest, dann lässt sie los, und ich rutsche tief in sie hinein und balle noch in der Bewegung die Finger behutsam zur Faust.

Es dauert nicht lange. Nach wenigen Augenblicken scheint meine Faust schon zu glühen, mit solcher Kraft presst Kim sie zusammen. Ihr ganzes Körpergewicht lastet auf meinem Arm, und ich beiße die Zähne zusammen, um das Gleichgewicht halten und sie auffangen zu können. Kims Finger krallen sich in meinen Nacken, drücken sich schmerzhaft in meine Haut, und unwillkürlich ächze ich auf. Wie zur Antwort drückt Kim sich auf mich hinunter, windet sich stöhnend um meine Faust, rammt sie tief in sich hinein.

Ein scharfer Stich geht durch meinen unbequem gebogenen Rücken. Mein Handgelenk hält den Druck kaum noch Stand, aber ich kann ihm nicht entweichen. Kim hält mich gefangen, stößt sich mit Wucht auf mich herab, verschlingt mich mit aller Kraft. Im dämmerigen Licht kann ich ihr vor Lust verzerrtes Gesicht nur noch erahnen. Plötzlich weiß ich, dass sie fort ist, weit weg von mir, weiter denn je. Und doch ganz nah bei mir.

Und genau in dem Moment, als ich den Schmerz nicht mehr ertrage, krampft sich Kims Muskelring fest um meine Faust, weitet sich für einen kleinen Moment und zuckt dann in heftigen Konvulsionen. Wimmernd sackt Kim über mir zusammen, und gerade noch rechtzeitig ziehe ich meine Faust aus ihr heraus.

Kim legt ihre schweißnasse Stirn an meine. Ihre Augen sind nahe vor meinen, verschwommen wie in dichtem Nebel. Und erst, als meine Knie nachzugeben drohen, stehe ich auf und ziehe sie mit mir hoch.

Kim sagt kein Wort. Nicht, als ich meine schmerzende Faust vom Handschuh befreie und mit der anderen Hand reibe, damit das Blut in sie zurückkehrt. Und auch nicht danach. Sie sieht mich einfach nur an, dann lächelt sie schwach.

Auf dem Billardtisch liegt Dolly schwer atmend flach auf dem Bauch. Greta zwinkert mir zu und fährt sich durchs Haar, dann beugt sie sich zu Dolly hinunter. Eine Strähne fällt ihr in die Stirn, als sie sich bückt und den nackten, geröteten Hintern ihrer jungen Geliebten vorsichtig küsst. Zufrieden schließt Dolly die Augen.

Drüben an der Wand sind auch die Kerle fertig geworden. Willem stopft sich gerade sein Hemd in die Hose zurück, ein cooles Lächeln auf seinen Lippen. Lennart hingegen steht da und starrt mich an.

„Wow", sagt er. „Mein Gott, Gunn. Das war filmreif. Darf ich bei dir in die Lehre?"

Mittwoch

„Kommst du, Gunn?"

„Wenn's sein muss."

„Es muss sein."

„Na, dann natürlich sofort." Ich hänge die Zeitschrift zurück an den Ständer und folge einer schmunzelnden Inga durch den Flur in den Behandlungsraum. Ein ganz schwacher Geruch nach Farbe liegt in der Luft. Die Wände leuchten in strahlendem Weiß, und die frischen Farben der neuen Vorhänge setzen bunte Akzente.

„Und, was sagst du zur Renovierung?" Mit einem leisen Klicken öffnet Inga eine Lotionflasche, während ich mir das Hemd über den Kopf streife und mich genüsslich auf der Bank ausstrecke.

„Toll", sage ich. „Wirklich toll. Am liebsten möchte ich von nun an für immer hier in diesen behaglichen Räumen sitzen und in Zeitschriften blättern."

Inga lacht geschmeichelt und dreht sich zu mir um. Für einen Moment habe ich den Eindruck, dass etwas an ihr verändert ist. „Auf den Bauch, bitte", befiehlt sie.

„Sehr wohl, Ma'am."

Ich rolle mich auf den Bauch. Ingas weiche Hände legen sich auf meine Schulterblätter, streifen meine Arme hinunter. Augenblicklich entspanne ich mich. Sanft gleiten ihre kräftigen Finger meinen gepeinigten Rücken hinunter und wieder hinauf.

„Na? Schon wieder umtriebig gewesen?"

Ingas Finger fahren über meinen Nacken. Mit einem leichten Gefühl der Beklemmung bemerke ich, dass sie die Schrammen, die Kim letzte Nacht hinterlassen hat, abfährt.

„Entspann dich", sagt Inga leise.

Ich gehorche. Ihr gehorche ich immer. Unwillkürlich muss ich lächeln.

„Das ist kontraproduktiv, liebe Gunn, was du hier betreibst. Mit deinen nächtlichen Aktivitäten machst du alle Erfolge wieder zunichte." In Ingas tadelnder Stimme klingt eine Spur Erheiterung mit. Sie zupft an meiner Haut, drückt verspannte Muskeln und seufzt leise, als sie einen verknoteten Muskelstrang entdeckt und zu massieren beginnt. Einen Moment später bin ich es, die seufzt. Ein Schauer läuft mir den Rücken hinunter.

„Hast du das Gefühl, die Dinge laufen in einem Tempo, das zu dir passt?", fragt Inga nach einer Weile beiläufig. Ihre Hände haben soeben meinen Kopf ein Stück nach links gedreht und machen sich jetzt an meinem Schulterblatt zu schaffen. Ich kann den Knubbel, den sie bearbeitet, geradezu plastisch spüren.

„Ich weiß nicht", sage ich vage.

„Vielleicht brauchst du wirklich eine Pause. Nicht nur von der Arbeit", sagt Inga. Sie rollt meine Haut über den Rippen zu kleinen Polstern und lässt sie dann wieder los. Als ich die Augen aufschlage, sehe ich, dass sie zum Regal hinübergegangen ist und die Flasche Bodylotion ein weiteres Mal öffnet.

Über die kurze Distanz hinweg spüre ich ihre Energie. Ihr Gesicht, das ich nur halb im Profil sehe, wirkt entspannt. Aber etwas an ihr ist tatsächlich anders. Ihre Haare sind kürzer, schmiegen sich weich an ihre Wangen. Als sie sich umdreht und auf mich zukommt, sehe ich ihren forschenden Blick. Auch er scheint mir verändert.

Inga stellt sich über mich und legt ihre Hände auf meine Schultern. „Und deine Pläne?"

Ich zucke mit den Schultern.

„Komm doch mit nach Rumänien", sagt Inga leichthin. „Ich fahr mit dem Auto. Für dich ist noch Platz."

„Aber ich kenn dich ja gar nicht." Verblüfft sage ich das Erste, was mir in den Sinn kommt. Es klingt kindisch, und Inga lacht. Ihr Gesicht ist mild, als ich mich mit einiger Mühe ein wenig zur Seite drehe und zu ihr aufsehe.

„Du kannst mich ja kennen lernen", sagt sie und presst meine Schultern mit sanftem Druck wieder nach unten.

Der Tag bleibt ruhig. Ich bin für die zweite Bereitschaft eingetragen, aber mein Pieper am Gürtel meldet sich nicht ein einziges Mal. Trotzdem habe ich auch so genug zu tun. Ich fahre bei mehreren Hebammen und zwei Ärzten vorbei, mit denen ich gut zusammengearbeitet habe. Auch ein kurzer Abstecher im Urban-Krankenhaus ist drin, wo ich die neu eingerichteten Kreißsäle besichtige.

Eine der jüngeren Hebammen zeigt mir die Räume. „Siehst du, Akupunktur und Wassergeburten, alles ist da. Wie bei euch."

Sie hat Recht. Wenn ich die Augen schließe und die medizinischen Geräte, die in den anderen Räumen bereitstehen, ausblende, dann habe ich fast den Eindruck, mich in einem neu eröffneten Geburtshaus zu befinden.

Ich denke noch lange darüber nach.

Später am Abend bestelle ich in einem asiatischen Imbiss am Südstern eine kleine Mahlzeit. Während ich auf mein Essen warte, blättere ich den neuen Prospekt des Urban-Krankenhauses immer wieder durch. Erst, als mir die füllige Kellnerin meinen dampfenden Teller über den Tresen schiebt, stecke ich den Prospekt endgültig ein. Ich werde mich weiter damit beschäftigen. Es ist eine Option, mehr bislang nicht. Aber immerhin eine Option.

Auf dem Heimweg halte ich am Geburtshaus. Die Sommernacht ist lau, in dieser Seitenstraße ist kaum jemand unterwegs. Alles ist still, nur ich bin unruhig. Während ich den Wagen abschließe, spüre ich dem Grund dafür nach. Meine letzte Bereitschaft liegt jetzt hinter mir. Es ist ein merkwürdiges Gefühl, wenn ich mir vorstelle, bis auf absehbare Zeit keine Geburt mehr mitzuerleben.

Eigentlich, und das wird mir schlagartig klar, eigentlich will ich das nicht. Viel soll sich ändern, aber das nicht.

Aus der ersten Etage fällt Licht auf die Straße. Ich zähle die Fenster ab. Der große Geburtsraum, Büro und die Küche sind erleuchtet. Ich zögere, ich will nicht unbedingt stören. Die Telefonnummer von Lisa, der mürrischen Haushaltshilfe, kann ich auch morgen holen.

Dann gehe ich doch die Treppe hinauf.

Sandra kommt aus dem Geburtsraum, als ich das Büro betrete. „Mein Gott, bin ich froh, dass du da bist!", sagt sie. „Ich weiß, deine Bereitschaft ist schon vorbei, aber kannst du trotzdem kurz aushelfen? Mara ist gerade fort, und Nora müsste jeden Augenblick kommen, aber ich bin ein bisschen beunruhigt." Ihr schmales Gesicht ist besorgt; Sandra ist die Jüngste von uns und erst seit einigen Monaten dabei. Eigentlich sollte sie noch nicht für die erste Bereitschaft eingeteilt werden, aber mein Abgang und die Sommergrippe zweier Kolleginnen haben Engpässe bewirkt. Ein wenig fühle ich mich schuldig an der Misere, aber so ist das nun mal.

Ich lege meinen Rucksack auf den Tisch und nicke. „Okay", sage ich. „Bin sofort da."

Während ich mich im Bad wasche und frische Kleidung anziehe, die in meinem Fach für mich bereit liegt, setzt Sandra mich rasch über die wichtigsten Fakten in Kenntnis. Es ist eine Erstgeburt; die Frau ist seit fast elf Stunden im Haus. Das Fruchtwasser ist schon vor einer Weile abgegangen, Herztöne und Blutdruck sind in Ordnung, aber die Wehen setzen immer wieder aus. An sich kein Grund zur Sorge, aber allmählich sollte doch etwas passieren.

Hinter Sandra gehe ich ins Geburtszimmer. Die Frau, die sich wimmernd auf dem Bett krümmt, ist schweißgebadet. Ich habe sie vor Monaten ein- oder zweimal untersucht, aber ihr Name fällt mir nicht ein. Sie hat sichtliche Schmerzen und ist bleich im Gesicht. Der Mann, der hinter ihr hockt, wirkt ängstlich und leicht aggressiv. Sein Haar ist feucht und verschwitzt, und tiefe Ränder liegen unter seinen Augen. Ich spüre sofort, dass er seine Partnerin verunsichert. Sie hält das Baby fest, das doch so dringend auf die Welt kommen will.

„Hallo. Ich bin Gunn. Wie geht es dir?"

„Es tut so weh", keucht die Schwangere und presst beide Hände auf ihren Bauch.

„Wieso dauert das denn jetzt so lange?", begehrt ihr Partner auf. „Das geht jetzt schon seit Stunden so. Wir sind seit heute Vormittag hier!"

„Das ist leider oft so bei Erstgeburten." Ich gehe vor der Schwangeren in die Knie und sehe ihr ins Gesicht. Sie ist wirklich sehr bleich, die Haut über ihren Wangenknochen spannt sich; ich glaube nicht, dass das sonst der Fall ist. „Darf ich dich auch noch mal untersuchen?"

Die Schwangere nickt unter Schmerzen. Eine Wehe setzt ein, und mit einem Stöhnen atmet sie aus.

„Versuch, in die Wehe hineinzuatmen", sage ich ruhig und sehe nach dem Wehenschreiber. Die Schwangere nickt wieder und stöhnt erneut auf.

„Wo ist denn diese Nora?", ruft ihr Partner. „Ich dachte, die Nora sollte jetzt kommen?"

Sandra und ich wechseln einen Blick.

„Vielleicht wartest du besser draußen", sagt Sandra und lächelt den Mann beschwichtigend an.

Sofort braust er auf. „Warum das denn?"

„Bitte", sagt Sandra.

Er schweigt und sieht zu seiner Partnerin, die jetzt die Augen fest zusammengekniffen hat und keuchend die nächste Wehe zu ertragen versucht. Mit einem unwilligen Brummen schiebt er sich vom Bett hinunter und steht auf. Seinem gequälten Gesicht sehe ich an, dass er es nicht böse meint, er ist nur völlig erschöpft. Eine Tasse Tee, ein kurzes Gespräch, vielleicht ein kleiner Spaziergang werden ihm gut tun. Er wird seine Kraft später noch brauchen.

Kaum hat sich die Tür hinter Sandra und ihm geschlossen, entspannt die Schwangere sich sichtlich. Erleichtert lehnt sie sich zurück und lässt zu, dass ich sie mit den vier Leopoldschen Handgriffen schnell untersuche. Das Kind liegt gut, mit dem Kopf im kleinen Becken, auch Arme und Beine kann ich ertasten. Der Muttermund ist nahezu vollständig geöffnet, und als ich das Holzstethoskop ansetze, höre ich die schnellen, kräftigen Herztöne des Kindes. Im gleichen Moment setzt eine heftige Presswehe ein, und die Schwangere krallt sich in meinen Arm.

„Okay", sage ich. „Ganz ruhig. Jetzt geht es los. Bald ist es vorbei. Verspürst du einen starken Druck nach unten?"

„Ja!", keucht sie und schreit auf, als die nächste Presswehe sie überrollt.

„Gut so, gut. Jetzt schieb mit." Ich sehe ihr prüfend ins Gesicht, dann blicke ich zur Tür, schätze die Zeitspanne ein, die es noch braucht. Mein Gefühl sagt mir, dass es gleich so weit ist. Ich habe also keine Zeit mehr, Sandra zu holen.

Manchmal ist das so, manchmal dauert die Eröffnungsphase viele Stunden, fast Tage, und dann geht es auf einmal ganz schnell.

Ich bin nicht sonderlich gut informiert über die Frau vor mir und ihre Wünsche. Ich weiß nicht einmal, welche Geburtsposition sie einnehmen möchte. Aber im gleichen Moment schiebt sie sich von selbst hinten hoch und spreizt die Beine. Ich lege eine Hand auf ihren Bauch. Das Kind ist bereits weiter nach unten gerutscht.

„Und jetzt schieben! Gut machst du das! Prima."

Die Schwangere keucht und schreit auf, Schweiß perlt von ihrer Stirn.

Hinter mir geht die Tür auf, und ich spüre, wie jemand neben mich tritt. Nora sieht nach dem Wehenschreiber, legt der Gebärenden ein feuchtes Tuch auf die Stirn und beantwortet meine unausgesprochene Frage nach etwaigen verzeichneten Komplikationen mit einem Kopfschütteln. Dann geht sie wieder hinaus. Das Stöhnen der Frau erfüllt jetzt den Raum, ihr Weinen und Wimmern, dazwischen höre ich meine eigene Stimme, die ihr Anweisungen gibt.

Das Kind kommt jetzt sehr schnell, sein Herz hämmert unter meiner Hand.

„Okay", sage ich. „Jetzt nicht mehr schieben. Kurz atmen, ja?" Ich mache es vor, und einen Moment später übernimmt Nora, die zusammen mit dem Partner der Gebärenden hereingekommen ist. Mit einem Blick sehe ich, dass er sich beruhigt hat und jetzt konzentriert seine Aufgabe angeht. Er greift nach der Hand seiner Frau, die endlich meine gepeinigte Schulter loslässt, und gerade noch rechtzeitig presse ich meine andere Hand auf ihren Damm und mindere den Druck ab.

„Herztöne noch immer in Ordnung", sagt Nora hinter mir.

Einen Augenblick später erscheint das Köpfchen des Kindes in der weit geöffneten Scheide. Ich erkenne dunkles, verklebtes Haar. Dann rutscht es wieder zurück.

Die Gebärende schreit laut auf.

„Herztöne fallen jetzt ab."

Mein eigenes Herz klopft wie verrückt. Ich warte, zum Zerreißen gespannt, eine Hand auf dem prallen Bauch der Frau und dem drängenden Leben darunter, die andere stützend auf dem Damm. Eine Sekunde vergeht. Dann schreit die Frau wieder, und der dunkle Haarschopf drückt sich erneut heraus.

„Es kommt jetzt", sage ich ruhig. Die nächste Wehe bringt das Köpfchen zum Vorschein, fest zusammengekniffene Augen, eine winzige Nase, ein Miniaturkinn. Dann gleiten die Schultern des Kindes in meine Hände, rutschig und heiß. Die nächste Wehe ist schon etwas schwächer, aber sie reicht dennoch aus, um den Rumpf des Kindes hinauszubefördern. Mit sanftem Zug helfe ich nach und umfasse die Beine des Kindes, schiebe einen Finger zwischen die glitschigen Knöchel, hebe es hoch.

Der letzte Schrei seiner Mutter bricht ab. Das Kind öffnet die Augen. Es ist ein Mädchen, klein, aber kräftig. Mit einem Ausdruck tiefster Verblüffung sieht es mir direkt ins Gesicht. Dann krümmt es sich leicht und fängt an zu jammern. Ein dünner Schrei, fast wie ein Meckern, durchschneidet die Luft, mischt sich in das erleichterte Weinen der Mutter. Ein Kloß ist in meinem Hals. Ich schlucke ihn hinunter und räuspere mich.

Nora reicht mir ein Tuch, ich trockne das weinende Kind und lege es seiner Mutter auf den Bauch, wo es augenblicklich verstummt.

Beide Eltern starren ihr Kind an, das verwundert zurückblickt. Dann streckt die Mutter die Hand aus und berührt ihre Tochter sanft an der Wange.

„Hallo", sagt sie mit zitternder Stimme. Ihr Partner seufzt tief.

„Hallo, Kleine. Da bist du ja endlich", sagt er dann leise.

Nora und ich sehen uns an. Gleichzeitig müssen wir lächeln. Dann richtet Nora sich auf und greift nach der Schere.

„Möchtest du die Nabelschnur durchschneiden?", fragt sie den frischgebackenen Vater und hält ihm die Schere hin.

„Ich?", fragt er verdutzt und ein bisschen ängstlich.

„Ja, du", sagt Nora freundlich. „Das macht im Allgemeinen der Vater. Und das bist du doch, oder?" Sie zwinkert ihm zu. Er läuft rot an.

„Öh, ja", sagt er und nimmt ihr vorsichtig die Schere aus der Hand.

„Die Nachgeburt mache ich", sagt Nora leise zu mir und sieht zu Sandra hinüber, die sich im Hintergrund hält. „Sandra, übernimmst du die Erstversorgung des Babys? Gunn muss kurz raus."

Ich will schon irritiert Einspruch erheben, aber dann sehe ich Noras Zeigefinger, der vom Auge abwärts ihre Wange hinunterfährt, und ihr zärtliches Lächeln.

Ich wische mir mit dem Handrücken übers Gesicht. Eine Tränenspur zieht sich über meine Wange. Ich hab nicht gemerkt, dass ich geweint hab. Nur, wie dankbar ich bin.

Auf dem Weg zum Bad begreife ich endlich, was mir im Kopf herumgeht. Ich weiß nicht, warum ich ausgerechnet jetzt daran denken muss. Vielleicht liegt es daran, dass ein Umbruch bevorsteht, sich zu zeigen beginnt. In den letzten Tagen reflektiere ich anders über mein Leben, das ist mir bewusst. Erinnerungen kommen zurück.

Und dies ist die Schlimmste.

Ich war zu Hause, als Kathrin anrief. Früher an diesem Tag hatten wir uns schon einmal im Geburtshaus getroffen, wie bereits vor zwei Tagen und zwei weitere Tage davor. Jedes Mal hatte ich sie untersucht und die Herztöne abgehört, wie immer, wenn eine Gebärende über den Termin hinaus war.

Alles war in bester Ordnung gewesen. Aber jetzt klang Kathrins Stimme merkwürdig ruhig.

„Ich weiß nicht, ob es wichtig ist, Gunn, aber das Kind bewegt sich auf einmal kaum noch", sagte sie. Ich legte den Stift hin, mit dem ich mir gerade etwas hatte notieren wollen.

„Auf einmal? Was meinst du damit? Seit wann genau?", fragte ich.

„Na, so ungefähr seit zwei Stunden."

„Und wann hat es sich zuletzt bewegt? Ich meine, was hat es da gemacht?"

„Es hat ... Ich weiß nicht", sagte sie plötzlich mit schriller Stimme. „Ich weiß nicht, was es gemacht hat. Es hat sich bewegt. Ich hab ein Mittagsschläfchen gemacht und mich von einer Seite auf die andere gedreht, und da hat es sich bewegt."

Langsam stand ich von meinem Stuhl auf. Mir war plötzlich leicht übel. Aber in meinem Kopf herrschte gläserne Schärfe. „Okay, gut", sagte ich. „Am besten, wir treffen uns gleich noch mal zur Kontrolle im Geburtshaus. Ist Jens da? Kann er dich fahren?"

Ich hörte, wie Kathrin den Hörer bedeckte und etwas fragte, und gleich darauf Jens' zustimmendes Brummen. Dann war Kathrin wieder am Hörer.

„Also, Jens bringt mich vorbei. Meinst du, ich sollte das Erstausstattungsköfferchen mitnehmen?"

Ich legte die Hand vor die Augen und atmete tief durch. „Ja, genau", sagte ich und bemühte mich um einen leichten Tonfall. „Bringt es ruhig mit. Und mach dir keine Sorgen, okay? Wir sehen uns gleich."

Knapp eine Viertelstunde später legte ich das Holzstethoskop auf Kathrins geschwollenen Bauch.

Ich nahm mir viel Zeit, aber es änderte nichts. Mein Verdacht, der mir schon bei Kathrins ersten Worten am Telefon einen Schauer über den Rücken gejagt hatte, bestätigte sich. Mein Mund war sehr trocken, als ich mich aufrichtete und Kathrin und Jens in die Gesichter sah.

„Ich kann keine Herztöne mehr hören", sagte ich leise.

„Aber ... das kann doch nicht sein!" Kathrin schüttelte den Kopf. „Es hat sich doch vorhin noch bewegt! Als ich mich umgedreht hab!"

Ich wollte ihr nicht erklären, dass das eine Täuschung gewesen war. Jedes Kind schwappt im Fruchtwasser von einer Seite zur anderen, wenn die Mutter sich umdreht. Mit Sicherheit hatte es sich für Kathrin tatsächlich angefühlt, als bewegte sich ihr Kind. Doch das hatte es nicht mehr getan. Und selbst wenn das Kind in jenem Moment auch tatsächlich noch gelebt hatte: Jetzt war es tot.

Es war tot, und in diesem Moment, als sie es erfuhren, starb auch etwas in seinen Eltern. Ihre Träume und Hoffnungen. Vielleicht auch ihr gemeinsames Leben.

Manche Kinder sterben einfach im Leib ihrer Mutter, und niemand kann sagen, warum.

„Es tut mir Leid", sagte ich leise.

Kathrins Gesicht war vollkommen weiß. Jens starrte mich ungläubig an, mit einem Ausdruck, als wäre er kurz davor, sich zu übergeben. Noch während ich ihn ansah, bildeten sich rote Flecken auf seinen Wangen.

Kathrin brauchte eine knappe halbe Stunde, um sich zu entscheiden, das Kind nicht im Geburtshaus, sondern im Krankenhaus auf die Welt zu bringen, mit wehenanregenden Mitteln. In dieser Zeit ging Jens zweimal auf Toilette. Beim zweiten Mal kam er zurück und versuchte vergebens, sich einen feuchten Fleck vom T-Shirt zu wischen.

Als der Krankenwagen kam, griff Kathrin nach meiner Hand. Ihre eigene war eiskalt. „Kommst du mit, Gunn?", bat sie mich.

Ich kam mit. Stunde um Stunde saß ich neben ihr im Kreißsaal, lauschte ihrem Schluchzen, hörte ihr Weinen, sprach mit ihr, hielt ihre Hand, sah zu, wie die Infusionslösung aus dem Tropf in ihren Arm floss.

Auch Jens war dabei, saß auf der anderen Seite des Bettes. Sein Gesicht war verschlossen, hart wie Stein, sein Blick dumpf, nach innen gekehrt. Irgendwann, als die Wehen einsetzten, stand er auf und ging aus dem Raum.

Er kam nicht wieder zurück. Erst, als alles lange vorbei war.

Ich aber war dabei, als Kathrin anfing zu weinen und nicht mehr aufhören konnte. Ich war dabei, als die beiden Ärzte sich zu ihr setzten und mit ernsten Mienen die Eröffnungsphase verfolgten.

Und ich war auch dabei, als Kathrin das tote Kind schließlich unter Schmerzen aus sich herauspresste und sich schluchzend den Arm auf die Augen legte.

Es war ein hübsches Baby. Ein Mädchen, ein kleines Mädchen mit feuchtem, blonden Haar und fest geschlossenen Augen. Die Beleghebamme reichte es mir in einem weißen Handtuch herüber. Ich trug es fort.

Weder Kathrin noch Jens haben ihre Tochter gesehen. Sie konnten und wollten es nicht.

Donnerstag

Den ganzen Tag über bin ich leicht benommen. Meine Besuche bei Rosa, bei Vera und Luis und zwei weiteren Wöchnerinnen – die ich vertretungsweise von Hedi übernommen habe, weil sie für drei Tage an die Ostsee gefahren ist – fallen länger aus als gewöhnlich. Ich untersuche jedes einzelne Kind sehr gründlich, betrachte die kleinen Gesichter, die Münder, an deren Lippen Saugblasen von eifriger Nahrungsaufnahme zeugen.

Erst gegen Abend, nachdem ich, zum ersten Mal in dieser Woche, im Sportstudio war und danach etwas gegessen habe, werde ich ruhiger. Meine Rückenschmerzen, die mich heute

Morgen beim Aufwachen erwartet und den ganzen Tag wie ein leichtes Summen im Hintergrund begleitet haben, sind besser geworden. Eine Weile stehe ich vor einem Reisebüro am Hermannplatz und sehe mir erneut die Auslagen an. Keines der Angebote weckt mein Interesse. Nur eine Flugreise rund um die Welt könnte mich reizen, aber die kann ich mir nicht leisten.

Als ich weiterfahre, beschließe ich spontan, mir heute Nacht etwas Gutes zu tun. Ich weiß auch schon, was. Ein bisschen ist es, als wollte ich mich selbst überraschen, mit plötzlichen Entschlüssen, die im Grunde gar keine sind.

Zwei Anrufe von Tanja sind auf dem Anrufbeantworter. Ich höre sie mir an, dann noch einmal. Ihre Stimme klingt sehnsüchtig, ein unsicherer Tonfall schwingt darin mit. Ich habe ein ungutes Gefühl. Um es zu vertreiben, drücke ich die Löschtaste. Trotzdem weiß ich natürlich, dass ein Problem mehr auf mich wartet. Aber nicht heute.

Ich dusche lange und kleide mich sorgfältig an. Während ich meine Wildlederchaps über die gut sitzenden Jeans ziehe, spüre ich Erregung in mir aufsteigen. Und Vorfreude, das auch. Ich mache mir einen Espresso und trinke ihn im Stehen, den Blick aus dem Fenster gerichtet, in die von Lichtern durchzogene Dunkelheit.

Heute Abend werde ich das tun, was zu mir passt und gehört wie mein Haar oder der kleine Leberfleck auf der rechten Schulter. Die Jahre, die Erfahrungen, die Wahrheiten und Veränderungen haben nichts daran ändern können: Immer noch bin ich eine Jägerin, immer noch suche ich, kühle mich ab, wenn auch nur kurz.

Ich werde ins *Kit Kat* gehen oder ins *SO*, vielleicht auch ins *Beluga*. Und wahrscheinlich ist das die einzig wahre Überraschung: dass ich mich erst unten, auf der Straße, entscheiden werde, wohin es heute geht.

Wo auch immer, ich werde irgendwo stehen, an der Wand oder am Tresen, ein Bein dagegen gestemmt, eine Hand in der Hosentasche. Ich werde etwas trinken und die Frauen ansehen, wissend, dass sie mich erkennen. Früher oder später wird eine von ihnen meinen Blick erwidern, einmal, zweimal, dann öfter, zunächst fragend, dann lächelnd. Sie, die mich so ansehen wird, sie wird glauben, sie sei es, die mich auffordert. Aber ich weiß, dass das nicht stimmt: Ich bin es. Meine Erscheinung fordert sie auf.

Sie wird mich ansehen, und sie wird zu mir kommen, auch wenn ich auf sie zugehen werde. Und noch bevor ich bei ihr angelangt bin, wird sie schon mit mir mitgegangen sein. Ich werde sprechen, nicht viel, das ist nicht nötig. Manchmal ist es auch besser zu schweigen, denn ich will nichts hören von dieser Frau, nichts erfahren – keine Worte, keine Witze, keine Informationen. Was ich hören will, ist ihr Stöhnen, wenn sie sich später zurücklehnt und die Hände nach mir ausstreckt. Ihr Seufzen, wenn ich sie berühre. Ihr Keuchen, wenn ich in sie eindringe.

Wir werden zu ihr fahren, und ich werde während der Fahrt ihre Blicke genießen. Von der Seite wird sie mich ansehen, prüfend und interessiert, und wissend, in gute Hände geraten zu sein. Ich brauche nichts zu sagen. Mein Gesicht wird für sich sprechen: Sie wird etwas von mir bekommen.

Ich weiß, wie es sein wird; es ist ein Bedürfnis wie nach Essen und Trinken. In Abständen überfällt es mich, ich kann ihm nicht ausweichen und nicht entrinnen. Und ich will es auch nicht.

Das Telefon reißt mich aus meinen Gedanken. Ich stelle die Espressotasse ab und zögere kurz. Dann gehe ich hinüber und nehme den Hörer ab.

„Bartoldi."

„Gunn, altes Haus! Erkennst du mich noch?"

Ich fange an zu grinsen. „Bo! Wo steckst du? Bist du endlich zurück?" Noch bevor ich die Frage gestellt habe, weiß ich, dass das nicht der Fall ist. Die Verbindung ist nicht besonders gut. Es knackt vernehmlich in der Leitung.

„Leider noch nicht. Meine Pläne haben sich ein bisschen verschoben." Bo seufzt. „Aber morgen! Mein Flug kommt um elf an, Dave holt mich ab. Du weißt doch, der Freund, bei dem ich dann erst mal wohne. Wie sieht's aus – hab ich 'ne Chance, dich zu sehen?"

Ich rechne kurz nach. „Bis zwei Uhr hab ich Termine. Aber danach – hast du Lust auf einen Spaziergang?"

„Aber na klar", sagt Bo. „Mit dir immer! Perfekt. Holst du mich bei Dave ab? Du weißt doch noch, wo er wohnt, oder? Gneisenaustraße 45."

„Klar weiß ich das noch. Um drei, ist das okay? Ich freu mich auf dich."

„Ich mich noch viel mehr."

Wally steht an der Bar, den Hintern dagegen gelehnt, die Beine lässig übereinander gekreuzt. Ihr Gesicht ist so lang, wie ich es selten bei ihr gesehen hab. Als sie mich sieht, hellt sich ihre düstere Miene schlagartig auf.

„Meine Güte, Gunn", sagt sie und deutet auf die tanzende Menge. „Wie alt sind die eigentlich? Ich komme mir vor wie eine Großmutter."

Ich muss lächeln. Sie hat Recht. Der Anblick, der sich uns bietet, erinnert eher an eine Schülerinnenfete als eine Frauenparty. Auf der Tanzfläche vergnügt sich eine ausgelassene Meute Junglesben in bauchfreien T-Shirts und Schlaghosen. Piercings in Augenbrauen und Bauchnabel und herausgewachsene Sechziger-Jahre-Frisuren dominieren das Bild. Die Junglesbe von heute ist femininer denn je. Und jünger anscheinend auch. Die meisten Mädels haben die Zwanzig noch längst nicht erreicht, und ein kräftiges, kerliges Kaliber wie Wally oder ich und die anderen, mit denen wir groß und älter geworden sind, kann ich in der Menge nicht ausmachen. Nur ein paar Dolly-Verschnitte, schlank, glatzköpfig, in dicken Stiefeln. Und vermutlich devot bis zwischen die Laken.

„Aber süß sind sie. Und Spaß haben sie auch. Im Gegensatz zu uns beiden", sage ich und bestelle bei der rothaarigen Barfrau zwei Bier.

Wally ringt sich ein Grinsen ab. „Das kann sich ja ändern", sagt sie in einer Aufwallung von Temperament; ganz offensichtlich hab ich sie bei ihrer Ehre gepackt.

Es dauert keine zwei Minuten, bis das Bier vor uns auf dem Tresen steht. Ich gebe der Rothaarigen einen Euro Trinkgeld und mein charmantestes Lächeln. Das zarte Rosa, das auf ihren Wangen erscheint, passt ziemlich gut zu ihrer Haarfarbe.

Wally stößt mit mir an. „Was machst du überhaupt hier, so ganz allein?", fragt sie und betrachtet mich nachdenklich, während sie ein paar Schlucke trinkt.

„Mal gucken, was sich so tut." Ich sehe mich um. Statt fürs *SO* oder das *Beluga* habe ich mich am Ende für diese derzeit recht angesagte Frauenparty entschieden, die einmal monatlich im *Soxx* stattfindet. Ich hoffe nur, dass das keine Fehlentscheidung war. Im Moment sieht es allerdings fast so aus.

„Ja ja", sagt Wally neben mir. „Die Katze lässt das Mausen nicht."

Ich zucke mit den Schultern. „Und selber?"

Wally seufzt. „Ach", sagt sie. „Katha arbeitet heute. Und ich dachte, ich muss auch mal was ohne sie machen. So geht das ja nicht weiter. Immer nur Katha, Katha, Katha. Ach ja." Ihre gequälte Miene spricht Bände; auf einmal kommt hinter der neuen, energischen Wally die alte, lethargische, ein wenig wehleidige wieder zum Vorschein, der ich seit zwanzig Jahren auf meinen nächtlichen Streifzügen begegne. Ich verschlucke mich fast an meinem Bier, so sehr muss ich darüber lachen. „Wally", sage ich. „Ihr seid doch gerade erst ein paar Wochen zusammen, nicht wahr?"

„Ja und?"

„Mann, dann genieß das doch einfach. Was quälst du dich denn her? Bleib doch zu Hause und träum von deiner Katha, solange es eben geht."

„Meinst du?", fragt Wally zweifelnd. „Aber ist das nicht sehr uncool? Immer die Gleiche zu wollen? Tagein und tagaus?"

Ich zucke mit den Schultern und betrachte eine Gruppe älterer Lesben in biederer Kleidung, die gerade hereingekommen sind und zögerlich an der Tür stehen bleiben. Die knallharten Technorhythmen sind nichts für sie, zwei verziehen schmerzlich das Gesicht, und eine hält sich gar die Ohren zu. Einige von den Girls auf der Tanzfläche kichern lauthals darüber, und ich muss lächeln, als ich das sehe.

„Gunn?", fragt Wally und berührt mich leicht an der Schulter. „Hast du so was denn schon mal erlebt? Dass es dich so dermaßen heftig erwischt, dass dir alles andere egal wird – dein ganzes Image? Dass du von der coolen Butch zum verliebten Tölpel mutierst?"

Ich löse meinen Blick von den kichernden Mädels, die sich jetzt mit übertriebenen Gesten die Ohren zuhalten, und sehe Wally an. Ihre Miene ist ernst und widerwillig zugleich. Das kann ich verstehen. Keine von uns gestandenen Butches gibt ihre vermeintliche Unabhängigkeit gern auf.

„Ich weiß nicht", sage ich schließlich und schlage in Gedanken einen hastigen Bogen um Birgit. Das liegt so weit zurück, es zählt fast schon nicht mehr. „Ich glaube nicht. Aber was du hast, hast du."

Wally nickt langsam, dann dreht sie sich um und bestellt zwei neue Bier. Danach stehen wir schweigend nebeneinander, trinken unser Bier und betrachten das Treiben im Raum, der sich zusehends füllt. Jetzt, da Mitternacht überschritten ist, tauchen noch weitere Altlesben auf und mischen sich unters feiernde Jungvolk. Einige Frauen kenne ich, wie Wally, seit Ewigkeiten, manche davon, ohne je mit ihnen gesprochen zu haben. Trotzdem grüßen wir uns schon seit Jahren, mit einer Art freundlicher Nachsicht.

Als eine alte Bekannte mit kurzen blondierten Haaren hereinkommt und mir lächelnd zunickt, denke ich unwillkürlich an Inga, ihr konzentriertes Gesicht, ihre hellbraunen Augen. Wo sie wohl hingeht, wenn sie mal ausgeht?

Wally und ich wechseln ein paar Sätze, um dann wieder schweigend nebeneinander am Tresen zu lehnen, als wäre das seit Jahr und Tag unser Stammplatz. Wallys Gesellschaft ist mir angenehm, sie beruhigt mich. Allein wäre ich schon längst durch die Menge gepirscht, rastlos, auf der Suche nach Beute. Aber das hat noch Zeit – wenn überhaupt. Der Eroberungsdrang von vorhin hat einer angenehmen Gelassenheit Platz gemacht. Vielleicht reicht sie sogar aus, um mein Begehren zu stillen.

Plötzlich stößt mich jemand unsanft an der Schulter an. „He", sagt eine Stimme neben mir. „Mach dich mal nicht so breit hier, ej."

Ich drehe den Kopf und betrachte die angetrunkene Junglesbe, die sich neben mir an den Tresen gelehnt hat. Sie trägt einen unvorteilhaften Meckischnitt und ein halbes Dutzend Piercings im Gesicht, das größte davon in ihrer Unterlippe, die leicht erschlafft herunterhängt. Auch sonst ist die junge Dame nicht gerade mit einem ansprechenden Äußeren gesegnet. Diverse Pickel zieren ihre teigige Haut, und ihre spitze Nase zeigt so weit nach oben, dass das ganze Gesicht sich dadurch zu einer schweinsähnlichen Fratze verzerrt.

„Was glotzt'n so, ej?", fragt sie böse. Der Alkohol lässt die Konsonanten verwischen, aber vielleicht besorgt das auch das Piercing in ihrer Zunge.

„Glotze ich?", erkundige ich mich ruhig.

„Na klar!", blafft sie zurück. Zornig starrt sie mich an. Ich sehe ihr in die funkelnden Augen, in denen ein nur schlecht verhülltes Interesse aufblitzt, und lächele in mich hinein. Das hat Methode: jemanden, den man eigentlich gut findet, anzugreifen, weil man keine ohnehin Chance hat, ihn zu kriegen.

Aber was beschwere ich mich – ich selbst bin nicht viel anders. Frauen, die mir gefallen, starre ich auch gern finster an. Bis sie vor lauter Nervosität empfänglich geworden sind für meinen Charme. Dann mache ich mich an sie ran. Und kriege sie meistens auch rum.

Der kleinen Kurzhaarigen hier aber wird's nicht so ergehen. „Komm", sage ich und deute mit dem Kinn zur Seite, „schieb deinen kleinen Hintern mal lieber in die andere Richtung."

„Du hast mir doch gar nichts zu sagen!", begehrt sie auf. „Willst du mich anmachen oder wie?"

„Dich?", sage ich und hebe amüsiert eine Braue. „Denk noch mal nach!"

Sie starrt mich weiterhin an. „Ej!", beginnt sie und lässt die Unterlippe für einen Moment wieder hängen, bevor sie noch mal beginnt. „Ej, sag mal, willst du was trinken?"

Ich verkneife mir ein Lachen; bei aller Frechheit imponiert mir ihr Mut dennoch ein bisschen. Und verletzen will ich sie auch nicht. Schwer genug hat sie's bestimmt schon. „Nein, danke", sage ich fest. „Und nun komm schon, mach dich vom Acker, okay?"

Endlich schließt sie den Mund, dreht sich folgsam herum und schiebt ab. Schmunzelnd sehe ich zu Wally, die unseren kleinen Dialog verfolgt hat, und begegne ihrem fassungslosen Blick.

„Unglaublich", sagt sie kopfschüttelnd. „Unglaublich, was manche sich trauen."

„Aber immerhin trauen sie sich was."

„Aber zu unserer Zeit hätte es das nicht gegeben", sagt Wally. „Wir hatten noch Respekt vor dem Alter."

Ich nicke. Wir lächeln uns an.

„Und, wie sieht's aus? Noch auf ein Bierchen ins *Dornbusch*?", fragt Wally.

„Warum nicht?", sage ich.

Im *Dornbusch* bevölkern Heerscharen von schwitzenden Männern die Bar und den hinteren Raum. Die Frauen sind wieder einmal in der Minderheit und müssen hart kämpfen, um sich zu behaupten. Auch Wally und ich haben Mühe, uns durch die Menge zum Tresen vorzudrängen. Das Bestellen macht einige Probleme; Kim ist in München, Maik hat heute frei und die Barleute kenne ich nicht. Trotzdem gelingt es mir, zwei Becksflaschen zu ordern. Danach haben wir wiederum Schwierigkeiten, einen Stehplatz zu ergattern, und als das Bier alle ist, verabschiedet sich Wally.

„Träum schön", sage ich.

Wally lächelt. „Und wie!" Sie winkt und verschwindet in Richtung Ausgang.

Ich bin unschlüssig, ob ich bleiben oder gehen soll. Die Nacht ist nicht mehr ganz jung, und mein Jagdfieber hat sich inzwischen völlig gelegt. Das Bleiben lohnt also kaum noch. Und mit jeder Minute schwinden meine Chancen, auf jemand Bekanntes zu treffen. Greta ist heute zu Hause geblieben; Bo noch in Schweden, Lenny wer weiß wo, im *Beluga* vielleicht. Ich hab keine große Lust auf noch mehr schwitzende Männer, aber hier bleiben will ich auch nicht. Also nach Hause.

Als ich mein Bier abstelle und mich umdrehe, sehe ich sie. Die große Blonde von neulich. Sie steht an der Tür und schaut sich um, ungerührt von dem Gedrängel um sie herum. Ich bleibe so unvermittelt stehen, dass ein junger Typ, der sich in meinem Windschatten aus dem überfüllten Barraum hat drängeln wollen, unsanft gegen mich prallt.

„Mensch, nun mach doch mal", pflaumt er mich an, aber ich rühre mich nicht. Fasziniert und mit einer Art banger Erwartung sehe ich zu, wie die Blonde ihren Blick durch den Raum schweifen lässt, bis er sich mir nähert. Atemlos warte ich darauf, dass er mich trifft.

Und dann fangen ihre Augen mich ein. In der dämmerigen Beleuchtung kann ich sehen, wie die Blonde einen Moment ins Stocken gerät. Ihr Kinn spannt sich an, ihre Augen verengen sich leicht, dann gleitet ihr Blick weiter, über mich hinweg und über den jungen Typen, der sich murrend um mich herumschiebt. Dann sieht sie wieder zu mir zurück. Und fängt an zu lächeln.

Ich weiß nicht, warum, aber damit habe ich nicht gerechnet. Ich spüre, wie ich erstarre. Ich war auf etwas anderes eingestellt, ein anderes Spiel: kühle Blicke, unterlegt mit Arroganz, auffordernd zum Kampf. Aber nicht auf dieses offene Lächeln.

Plötzlich komme ich mir dämlich vor, wie ich da stehe, wie angewurzelt inmitten all des Geschiebes und Gedränges. Langsam setze ich mich in Bewegung, so aufrecht wie möglich.

Sie blickt mir entgegen, immer noch lächelnd. Aus der Nähe sehe ich, dass sie älter ist, als ich gedacht habe. Älter als ich, sogar einige Jahre. Und größer als ich ist sie auch, ein ganzes Stück.

Kurz vor ihr bleibe ich stehen. Jemand rempelt mich an, ein dicker Schwuler schiebt die Blonde zur Seite, bis sie fast gegen mich stößt. Sie beugt sich zu mir.

„Wollen wir rausgehen?" Ihr Atem kitzelt mich am Ohr, als ich nicke.

Die Nachtluft ist mild, auf der Straße herrscht nur noch wenig Betrieb. Vor einigen der zahlreichen Kneipen und Bars stehen Leute und trinken und reden. Gelegentlich fährt ein Wagen vorbei, einmal ein tiefergelegter BMW mit einer Horde junger Technokids darin, gefolgt vom fast leeren Nachtbus. Es ist Donnerstag, an sich kein großer Ausgehtag, aber im *SO* ist heute Schwulenparty, deshalb der rege Andrang im *Dornbusch*.

Wir lehnen uns nebeneinander an einen weißen Transporter, der im Parkverbot direkt vor dem *Dornbusch* steht.

„Gute Luft", sagt die Blonde und sieht mich mit schräggelegtem Kopf von der Seite an. „Du siehst gut aus von nahem."

„Von weitem nicht?", frage ich, überrascht von ihrem unerwarteten Kompliment.

Sie lacht. „Doch", sagt sie. „Doch, das auch."

„Dann bin ich ja beruhigt."

Die Nachtluft streicht über meine nackten Unterarme. Aus dem Augenwinkel betrachte ich die geraden Schultern der Frau neben mir, ihre Brüste, die kräftigen Arme. Dass sie so groß ist, irritiert mich ein wenig. Große Frauen gefallen mir zwar, aber sie ist ein bisschen größer, als ich es gewohnt bin.

„Ich hab dich neulich zum ersten Mal gesehen", sage ich schließlich, um das Schweigen zu brechen. „Im *SO*."

„Ich hab dich schon öfter gesehen", antwortet sie.

Ich kann mir kaum vorstellen, dass ich sie übersehen haben sollte. „Tatsächlich?", frage ich verdutzt.

Sie nickt. „Ja, schon ein paar Mal. Im *SO*, hier, einmal auch vorm *Beluga*. Aber ich weiß immer noch nicht, wie du heißt."

„Gunn. Und du?"

„Elena."

„Elena?"

Sie zuckt mit den Schultern. „Mein Vater war Spanier. Ich hab ihn zwar nie gesehen, aber meine Mutter wollte unbedingt einen spanischen Namen für mich."

Ich betrachte sie nachdenklich. Sie sieht für meinen Geschmack überhaupt nicht spanisch aus. Eher nordisch, mit ihrem blonden Haar, der hellen Haut, dem schweren Knochenbau. Ihre Augenfarbe kann ich nicht erkennen, aber sie ist auf keinen Fall braun. Blau, vermute ich, oder auch grau. Aber auf keinen Fall braun. Wirklich, nicht gerade spanisch.

„Ich weiß, dass ich nicht so aussehe", sagt sie und fährt sich ganz leicht mit der Zungenspitze über die Lippen. Plötzlich ist ein leichtes Zucken in meinem Bauch, das sich zu einem Ziehen verstärkt, als Elena mich auffordernd ansieht. „Trinken wir was?"

Ich hole ein Bier für sie und ein alkoholfreies für mich. Es dauert ziemlich lange, mich zum Tresen durchzukämpfen. Auf dem Weg zurück fürchte ich plötzlich, dass sie fortgegangen sein könnte.

Aber sie ist noch da. Immer noch lehnt sie in der milden Nachtluft am Lieferwagen, einen Daumen in den Bund ihrer weit sitzenden G-Star gehakt, die andere in der Hosentasche zur Faust geballt. Sie sieht mir entgegen und lacht, als sie das alkoholfreie Bier in meiner Hand entdeckt.

„Schon genug?"

„Ich hab morgen zu tun." Dass ich unbedingt einen klaren Kopf behalten will, jetzt, wo ich hier mit ihr stehe, verschweige ich ihr.

„Erzähl mir, was du machst", sagt Elena weich und stößt ihre Flasche mit einem leisen Klirren an meine. Ein schwules Pärchen geht dicht an uns vorüber, die Gesichter starr vom Koks, mit brennenden Augen. Ich kann ihren Schweiß noch riechen, als sie längst vorbei sind.

„Ich bin Hebamme", sage ich.

„Hebamme", wiederholt Elena und betrachtet mich genauer. Ich erwidere ihren Blick. Ihre Augen liegen im Schatten; immer noch kann ich die Farbe nicht erkennen. „Warum bist du Hebamme?"

„Weil ich gern dabei helfe, Kinder auf die Welt zu bringen", sage ich schlicht.

„Da hättest du doch auch Gynäkologin werden können, oder?"

Augenblicklich versteinere ich. „Nein", sage ich rau. So oft habe ich das gehört. Als ob Hebammen weniger zählten als Gynäkologen. Und selbst wenn – mit meinem mageren Realschulabschluss hätte ich nie eine Chance auf einen Studienplatz gehabt. Aber das geht niemanden was an. Ich lege den Kopf an die warme Metallwand des Transporters und trinke von meinem Bier, um mich zu entspannen.

„Aber wie bist du darauf gekommen, Hebamme zu werden?" Das Thema scheint Elena keine Ruhe zu lassen. „Das wird man doch nicht einfach so."

„Zigtausend Frauen sind Hebammen in Deutschland."
„Aber ..."
„Aber keine Lesben, meinst du", nehme ich ihren Einwand vorweg. „Da täuscht du dich. Es gibt mehr, als du denkst." Ich möchte mich nicht schon wieder erklären – das muss ich so oft –, aber zugleich will ich auch, dass Elena meine Berufswahl versteht. „Ich mag Babys. Und ich helfe gern anderen Frauen. Und wenn du es genau wissen willst – für mich ist eine Geburt immer noch, nach all den Jahren, eines der größten Wunder des Lebens. Wenn nicht das größte."
Elena sieht ein paar jungen Lesben nach, die kichernd aus dem *Dornbusch* kommen und vor uns die Straße überqueren. „Das kann ich verstehen", sagt sie nach einer Weile. „Wo arbeitest du denn – in einem Krankenhaus?"
„Da hab ich früher gearbeitet. Jetzt bin ich in einem Geburtshaus."
„Schon lange?"
„Ein paar Jahre. Sechs, genauer gesagt. Aber ab nächster Woche nehme ich mir ein halbes Jahr Auszeit."
„Warum?" Elena sieht mich neugierig an.
Ein paar Sekunden verstreichen, während ich nach der richtigen Antwort suche. „Ich bin ein bisschen müde", sage ich dann. „Ich mache den Job schon, seit ich achtzehn bin, und manchmal denke ich, ich sollte mich neu orientieren. Vielleicht ist es an der Zeit, den Job zu wechseln und etwas ganz anderes zu machen. Aber vielleicht geht es auch nur darum, woanders zu arbeiten, in anderen Strukturen. Ich weiß es nicht. Aber auf jeden Fall brauche ich eine Pause. Kindern auf die Welt zu helfen, das ist zu wertvoll, um dessen müde zu sein."
Elena betrachtet mich nachdenklich. „Und was wirst du tun in dieser Pause? Bleibst du hier oder wirst du verreisen?"
Ich sehe ihr in die Augen. „Würdest du das bedauern?", frage ich zurück, und nach einem Moment beginnt sie zu

lächeln. Für einen Moment fällt ihr das Licht der Laterne direkt ins Gesicht, und jetzt kann ich auch die Farbe ihrer Augen erkennen: Sie sind blau. Dunkelblau. Und umwerfend schön.

Ich wechsele das Standbein. „Und du? Was machst du?"

„Ich bin Tischlerin."

„Freiberuflich oder angestellt?"

Elena dreht sich zu mir, so dass sie nun seitlich am Transporter lehnt. Jetzt ist sie mir näher als vorher, und auf einmal bin ich nervös. Ich habe Lust, sie zu berühren, ihre Hände, ihre Arme, ihr markantes Gesicht, aber gleichzeitig verunsichert sie mich. Ich kann sie nicht einschätzen. Sollte Elena eine Beute für mich sein, dann gewiss keine leichte.

„Ich bin selbstständig", sagt sie, „zusammen mit einem Kollegen. Wir arbeiten in erster Linie für Fernsehen und Film. Kulissenbau und Ähnliches." Sie bückt sich, um ihre leere Bierflasche abzustellen, und ihr kurzes Haar streift meinen Unterarm. Schlagartig bekomme ich eine Gänsehaut.

Elena, die sich wieder aufgerichtet hat, ist meinem Blick gefolgt. Dann sieht sie auf und mir direkt in die Augen.

„Und, was hast du vor?", fragt sie ruhig.

Ich habe keine Ahnung, was sie meint – diesen Moment, die Zukunft, meine Arbeit, sie und mich, alles zusammen? –, aber es spielt keine Rolle.

„Ich weiß nicht", sage ich langsam.

Ein Türknall schreckt uns auf. Aus dem Hauseingang gegenüber kommt ein junger Mann geschlurft und zieht noch im Gehen seinen Autoschlüssel aus der Hosentasche. Mit entschlossenem Gesichtsausdruck steuert er auf uns zu.

„Das war's dann wohl", sagt Elena. „Aber na gut, ich muss jetzt sowieso los."

„Wirklich?"

„Ja", sagt sie bestimmt, stößt sich vom Wagen ab und nickt dem jungen Mann zu, der jetzt vor uns steht, den Schlüssel angeberisch in der Hand schwenkend. „Okay, Django. Du hast gewonnen."

Der junge Mann runzelt irritiert die Stirn, und wir lassen ihn stehen.

„Kann ich dich irgendwohin bringen?", frage ich.

„Nein", sagt sie und streckt sich.

Ich warte. Wir sehen uns an.

„Oder doch", sagt sie schließlich. „Doch, das wäre nett."

Sie wohnt nicht allzu weit von mir entfernt, in der Tempelherrenstraße nah beim Kanal. Im Auto reden wir kaum. Es ist ein seltsames Gefühl, Elena neben mir zu spüren, diese fremde Frau mit den schönen Augen, die mich so ungewöhnlich nervös macht.

Vor ihrem Haus halte ich in zweiter Reihe. Ich zögere kurz, dann stelle ich den Motor ab.

Ein paar Sekunden lang sehen wir uns an, und dann, ganz überraschend, beugt Elena sich zu mir herüber und küsst mich. Nur für einen winzigen Moment spüre ich ihre warmen Lippen auf meinen, dann zieht sie sich zurück, steigt zügig aus und klappt die Wagentür zu, ohne etwas zu sagen. An ihren abgehackten Bewegungen erkenne ich, dass auch sie nun nervös ist.

Ich kurbele das Fenster hinunter und lehne mich hinaus. „Wiedersehen, Elena."

„Vielleicht", sagt sie, bevor sie sich umdreht.

Ich sehe zu, wie sie in ihrem Hauseingang verschwindet und die Tür hinter ihr zufällt. Ich warte so lange, bis im zweiten Stock das Licht angeht. Dann fahre ich los.

Vielleicht, hat sie gesagt.

Ich lächele in mich hinein.

Natürlich sehe ich sie wieder.

V

Freitag

Rasmus schläft. Ein kleines Engelslächeln ist auf seinem Gesicht, auch dann, als ich ihn vorsichtig in die Stoffwindel bette und in die Hängewaage einlege.

„Was habt ihr denn mit ihm gemacht?", frage ich, als ich den immer noch schlafenden Jungen wieder auf den Wickeltisch lege. „Ihm ein Schlafmittel gegeben?"

Vera lacht. „Nein, natürlich nicht", sagt sie. „Nur gestillt hab ich ihn. Und ihm erklärt, dass er nicht so zubeißen soll. Ich glaub, das hat er verstanden."

„Sieht so aus", sage ich. „Er nimmt jetzt wunderbar zu. Und auch sonst macht er einen prächtigen Eindruck."

Vera sieht zu, wie ich Rasmus' Nabel untersuche, der jetzt fast abgeheilt ist. Dann überlasse ich ihr den Kleinen, und sie nimmt ihn auf und trägt ihn in sein Bett im Schlafzimmer hinüber. Ich folge ihr langsam.

Luis ist einkaufen, und Vera scheint es besser zu gehen als beim letzten Mal. Ihre depressive Ausstrahlung ist einer fast manischen Aufgeräumtheit gewichen, die mir allerdings ein wenig aufgesetzt vorkommt. Ein angestrengtes Lächeln liegt wie festgezurrt auf ihren Zügen. Nur wenn sie Rasmus ansieht, geht ein Leuchten über ihr Gesicht, und ihre verhärtete Miene erweicht für einen Moment.

„Wie geht es dir und Luis?", frage ich, als sie den Jungen in sein Bett gelegt hat und sich zu mir umdreht. „Kommt ihr zurecht, oder könnt ihr Hilfe gebrauchen?"

Vera sieht mich an, überrumpelt, unschlüssig. Ich rechne damit, dass sie meine Frage zurückweist, aber das ist es mir wert. Ich halte sie nicht für eine Kandidatin für eine Wochenbettdepression, aber mehr denn je habe ich den Eindruck, dass etwas mit ihr nicht in Ordnung ist. Oder mit ihr und Luis.

Vera verschränkt ihre Finger und sieht nachdenklich darauf hinab. Das Tageslicht umrahmt sie von hinten, Schatten liegen auf ihren Wangen, verziehen ihren Mund zu einem schmerzlichen Ausdruck, den er in Wahrheit nicht trägt.

„Es ist schwierig", sagt sie plötzlich und sieht auf. „Vielleicht wäre es einfacher, wenn wir noch zwei Lesben wären. Aber das sind wir ja nicht mehr. Manchmal weiß ich überhaupt nicht mehr, was wir eigentlich sind, Luis und ich. Und Rasmus dazu."

„Im Zweifelsfall eine Familie."

Vera lächelt, aber ihr Lächeln ist skeptisch. Es bleibt auch skeptisch, als wir das Thema wechseln, ein paar praktische Fragen besprechen und sie mich schließlich zur Tür bringt.

„Okay, dann also bis Montag", sage ich, die Klinke in der Hand.

„Zum letzten Mal." Leises Bedauern schwingt in ihrer Stimme mit.

Ich nicke. „Wenn irgendwas ist bis dahin – ruf mich an, ja?"

„In Ordnung", sagt Vera und nickt, ohne mich anzusehen. „In Ordnung. Ich grüß Luis von dir." Dann drückt sie die Tür leise hinter mir zu.

„Was für ein Genuss!", sagt Bo und lächelt zu den hohen Baumkronen auf. „Deutscher Wald! Deutsche Luft!" Er holt tief Atem und stößt ihn mit einem theatralischen Seufzer wieder aus. Dann weicht er einem grimmig dreinblickenden Schäferhundbesitzer aus, der, wie einer unsichtbaren Linie folgend, stur in der Mitte des Weges auf uns zumarschiert. „Und muffelige deutsche Mitbürger", fügt Bo heiter hinzu.

Ich muss lächeln. Bo hat nichts von seinem trockenen Humor verloren, der ihn oft genug in brenzlige Situationen gebracht hat. Der Schäferhundbesitzer ist stehen geblieben und starrt uns aufgebracht nach, aber Bo schert sich nicht darum.

„Ach, Gunn, es ist wunderbar, wieder hier zu sein. Nur schade, dass du mich jetzt verlassen willst."

„Das weiß ich doch noch gar nicht", sage ich und betrachte einen kleinen gefleckten Mischling, der mit einem Stock im Maul einen großen Bogen um uns schlägt und dabei ausgesprochen fleißig wirkt. Im Grunewald herrscht Hochbetrieb, wie üblich an einem sonnigen Freitagnachmittag im August. Die Leute feiern ihr Wochenende, und die Hunde haben auch etwas davon.

„Klar weißt du das", sagt Bo und vergräbt die Fäuste tief in den Taschen seiner ockerfarbenen Arbeitshose. „Du wärst doch schön blöd, wenn du nicht wegfahren würdest. Hör auf mich, ich hab da Erfahrung."

Ich werfe ihm einen Blick von der Seite zu. Er sieht gut aus. Braungebrannt, kräftiger als früher. Aber auch älter, und ich finde, das steht ihm.

„Wirklich", sagt er und lächelt mich an. „Eine Auszeit ist gut, Gunn. Aber wenn du fortgehst, dann bleib nicht zu lang."

„Warum nicht?"

Bo zuckt mit den Schultern. Wir haben eine Stelle am Ufer erreicht, von der aus man fast den gesamten Grunewaldsee überblicken kann, und Bo bleibt stehen. „Weil man sonst einsam wird", sagt er schlicht. „Es ist schwer, den Anschluss wiederzufinden, wenn man sich allzu sehr rauszieht."

Ich setze mich auf einen umgestürzten Baumstamm nahe am Wasser, und Bo lässt sich neben mir nieder. Unsere

Schultern berühren sich. Bo trägt ein kurzärmeliges Hemd, ich ein T-Shirt, und als er sich nach vorne beugt und die Ellbogen auf seinen Knien abstützt, spüre ich für einen Moment seine warme nackte Haut an meinem Arm.

„Ich weiß nicht", sage ich. „Ich weiß nicht, ob ich gehen oder bleiben soll. Aber jedes Mal, wenn ich vorm Reisebüro stehe, verliere ich die Lust."

„Reisebüro!" Bo fährt sich durchs Haar. Eine kurze, blonde Strähne bleibt stehen; seine Haare sind immer noch so verwirbelt wie früher. Manche Dinge ändern sich nie. „Das kann ich mir vorstellen. Eine Auszeit gibt's nicht im Reisebüro. Eine Auszeit bedeutet nicht, dass du nichts machst und an irgendeinem Strand liegst. Im Gegenteil. Vielleicht musst du sogar was machen. Nur eben nicht hier."

Ich verschränke die Arme hinter meinem Nacken und lehne mich vorsichtig an den Baum schräg hinter mir. Drüben, auf der anderen Seite des Sees, wirft ein Mann seinem Irish Setter mit Schwung einen Ball in den See. Hundegebell schallt zu uns herüber, Kindergeschrei aus der Ferne trägt weit übers Wasser.

Ich habe das Gefühl, in den vergangenen zwei Wochen mit meinen Überlegungen kein Stück weitergekommen zu sein. Stattdessen habe ich noch mehr Aufruhr in mein Leben gebracht, Aufruhr, den ich eigentlich nicht gebrauchen kann. Die Dinge laufen – wie Inga vielleicht sagen würde – nicht mehr in meinem Tempo, schon lange nicht mehr. Statt zur Ruhe zu kommen, überfrachte ich mich mit Terminen, Verabredungen, Abenteuern. Manchmal habe ich den Eindruck, dass mein Leben nach und nach aus den Fugen gerät.

Aber gleichzeitig, und das ist mir unterschwellig bewusst, löse ich mich aus alten Strukturen. Und tief in mir keimt eine Idee. Ich bekomme sie nur noch nicht zu fassen.

Auf einmal merke ich, dass Bo mich die ganze Zeit über beobachtet hat. „Hauptsache, du machst etwas, das dir das Herz öffnet", sagt er und klaubt einen winzigen Zweig vom

Boden auf, um damit eine Spur über die staubige Kappe seiner schweren Stiefel zu ziehen.

„Vielleicht vertrage ich das nicht."

„Doch. Doch, das verträgst du." Er sieht mich von unten herauf an.

Ich erwidere seinen ernsten Blick. Plötzlich merke ich, wie sehr ich ihn vermisst habe. Das Gefühl breitet sich wie ein warmer Schwall in meinem ganzen Körper. Bo ist mein Freund, in seiner Gegenwart fühle ich mich geborgen. Unsere Freundschaft hat gehalten, über Zeit und Entfernung hinweg. Vielleicht muss ich einfach mehr vertrauen. Auf mich. Auf das, was auf mich zukommt.

Als ich die Arme aus meinem Nacken nehme und zum Weg hochsehe, entdecke ich das Lesbenpaar von neulich. Ihre Hunde, der schwarze Mischling und der gefleckte Boxer, toben ein Stück weiter den Hang hoch wild knurrend durch den Wald.

Die Größere der beiden Frauen fängt meinen Blick ein. Ich betrachte ihr gut geschnittenes Gesicht und bin überrascht, als sie mir plötzlich zulächelt. Es ist, als ob an einem verhangenen Tag für einen Moment die Wolkendecke aufrisse und die Sonne sich zeigte. Unwillkürlich lächele ich breit zurück.

Bo schmunzelt. „So, die Frauen finden dich also immer noch umwerfend. Das ist beruhigend. Was machen denn eigentlich deine Weibergeschichten? Wieviele Herzen hast du gebrochen, während ich die schwedischen Jungs verrückt gemacht hab?"

„Ach, das ist 'ne verdammt lange Liste", sage ich und stehe auf. „Da muss ich erst nachzählen. Und das geht besser, wenn wir dabei was essen."

Bo steht ebenfalls auf und klopft sich den Staub von der Hose. „Hervorragende Idee. Aber danach hab ich ein Date. Was ist denn mit morgen – hast du schon was vor?"

„Ich bin mit Greta verabredet", sage ich. „In der *Barbie-Bar.*"

„Gut zu wissen", sagt Bo und zwinkert mir zu. „Dann weiß ich ja, wo ich dazustoßen kann."

Wir setzen uns in Bewegung. Im gleichen Moment geht mein Pieper los. Ich ziehe ihn heraus und sehe aufs Display.

Ich kenne die Nummer; ich habe sie lange nicht auf dem Pieper gesehen. Sie gehört nicht Luis und Vera. Und auch nicht Rosa oder einer der anderen Wöchnerinnen, die ich in den letzten Wochen betreut habe.

Sie gehört Kathrin.

Das Geburtshaus ist fast leer; die letzten Kurse sind schon vorbei. Nur Hedi steht noch im Bad und faltet Wäsche, als ich hereinkomme.

„Gunn! Das ist ja nett!", ruft sie erfreut, als wäre ich nicht ihre Kollegin, die sie fast täglich gesehen hat, sondern eine alte Bekannte, die überraschend vorbeischaut. „Trinken wir noch einen Tee?"

„Meinetwegen gern. Ich setze einen auf." Aber ich bin noch nicht ganz in der Küche, als sie mir schon nachkommt.

„Ach, Gunn, tut mir Leid, ich hab ja gar keine Zeit mehr! Es ist ja schon kurz vor acht, meine Schwester wartet auf mich." Ihr aufgeregt schwäbelnder Singsang bringt mich zum Lächeln.

„Schon gut", sage ich beruhigend. „Macht doch nichts, Hedi. Wir sehen uns doch sowieso morgen noch mal." Für den Nachmittag ist ein Abschiedstreffen beim Italiener um die Ecke angesetzt.

Hedi nickt und seufzt vernehmlich. „Ach, Gottchen, Gunn", sagt sie und schiebt den Stapel Handtücher in den Flurschrank. „Dass du aber auch so lange pausieren willst! Du wirst uns fehlen. Kommst du denn wenigstens wieder?"

Ich zögere. Ein halbes Jahr ist eine lange Zeit; außer Hedi, die sich das anscheinend weder vorstellen kann noch möchte, haben sich alle anderen darauf eingestellt, dass ich vielleicht nicht zurückkomme. Nächste Woche fängt eine neue Hebamme an – zunächst auf sechs Monate befristet –, die mich im Notfall auf Dauer wird ersetzen können.

„Ich weiß es nicht", sage ich schließlich. „Ich weiß es noch nicht, ehrlich nicht, Hedi. Vielleicht komm ich zurück, vielleicht aber auch nicht. Wenn nicht, sag ich euch rechtzeitig Bescheid. Wie abgemacht."

Hedis Gesicht fällt in sich zusammen. „Aber Gunn", sagt sie vorwurfsvoll. „Das wäre doch ..." Sie sucht einen Moment nach Worten. Dann sagt sie mit einem Kopfschütteln: „Schade. Schade wär das." Bei den letzten Worten wird ihr Schwäbisch noch breiter.

Ich kann nichts dafür, ich muss lachen. Hedi sieht beleidigt aus, aber nachdem ich mich kleinmütig entschuldigt und ihr mehrfach beruhigend die Schulter getätschelt habe, ist sie wieder besänftigt. Als ich ihr auch den Rest Wäsche abnehme, eilt sie schließlich zufrieden davon, und Ruhe kehrt ein.

Ich sortiere die Wäschestücke in die verschiedenen Schränke ein und halte mich sogar eine Weile damit auf, die einzelnen Stapel zu ordnen und auf Kante zu legen. Dann gehe ich ins Büro hinüber und ziehe mein Handy heraus. Vier SMS sind eingegangen, zwei davon stammen von Tanja. Kim hat sich nicht gemeldet; seit der Nacht im *Beluga* habe ich nichts mehr von ihr gehört. Ich stecke das Handy wieder ein und mache mich auf die Suche nach der Liste der Haushaltshilfen. Ausnahmsweise ist sie auf dem Platz im Schreibtisch, an den sie gehört. Lisas Nummer finde ich fast sofort, und ich habe schon den Telefonhörer in der Hand, als ich mich entschließe, sie doch nicht anzurufen.

Stattdessen klebe ich eine kleine Haftnotiz auf die Liste, mit dem Vermerk, Lisa vor einem neuerlichen Einsatz nach ihrem letzten zu befragen. Irgendwie, finde ich, ist das jetzt nicht mehr mein Job.

Und außerdem habe ich einen anderen Anruf zu machen. Ich nehme den Hörer erneut ab.

Tanjas Lachen klingt erfreut, als sie meine Stimme hört. Es schneidet mir ins Herz, und wie um Mut zu fassen, schließe ich die Augen.

„Du hast ein paar Mal angerufen", sage ich.

„Ja, hab ich. Wann sehen wir uns?"

Ich mache die Augen wieder auf. An der Wand gegenüber hängt die Liste mit den Nummern der Pieper und den Namen der dazugehörigen Trägerinnen. Meiner steht genau in der Mitte. Ich nehme einen Stift vom Tisch und stehe auf.

„Gunn?", fragt Tanja am anderen Ende der Leitung. Ihre Stimme klingt dunkel, leicht rauchig. Ich weiß genau, wie sie jetzt aussieht.

„Ich denke, wir sollten das lassen", sage ich ruhig und stelle mich vor die Liste. „Ich will nicht mehr, Tanja. Es führt einfach zu nichts."

„Das meinst du nicht ernst", sagt Tanja und lacht erneut, diesmal ein wenig vorsichtig. „Du willst doch nicht im Ernst sagen, dass du nicht mehr mit mir ins Bett willst. Du ... du stehst doch auf mich. Und es ist geil."

„Ja", sage ich und hebe den Stift. „Du hast Recht. Aber ich will trotzdem nicht mehr. Tut mir Leid, Tanja. Aber ich will einfach nicht mehr."

Tanja schweigt. „Okay", sagt sie dann „Du spinnst. Aber wenn du es dir anders überlegst ... meine Nummer hast du ja." Sie wartet noch einen Moment, dann legt sie auf, mit einem Knall, der mich zusammenzucken lässt. Ich lasse den Hörer sinken und setze den Stift links neben meinen Namen auf der Liste. Dann ziehe ich eine gerade Linie nach rechts.

Meine Hand zittert kaum.

Als ich mich wieder setze, geht ein Stich durch meinen Rücken. Vorsichtig verschränke ich die Arme vor der Brust und warte darauf, dass meine verkrampften Muskeln sich entspannen. Ich bin nicht erleichtert, obwohl ich weiß, dass ich das Richtige getan habe. Und das nicht nur für mich.

Trotzdem fühle ich mich nicht sonderlich wohl in meiner Haut.

Zurückweisungen schmerzen immer. Ein wenig Lust wiegt das nicht auf. Vielleicht sollte ich derlei Situationen künftig im Vorfeld schon meiden.

Aber ich weiß nicht, ob ich das kann.

Elena geht mir durch den Kopf, und ein Flattern huscht durch meinen Magen. Ich denke mich von ihr fort, denke an Kim. Das hilft mir nicht weiter. Mein unbehagliches Gefühl verstärkt sich nur noch, und ein weiterer Stich zieht eine brennende Schneise durch meinen Rücken, als ich mich zurücklehnen will. Ich weiß genau, warum Kim sich nicht meldet. Und ich weiß auch, dass heute der Tag ist, Dinge zu klären. Soweit ich es vermag.

Ich sehe lange aus dem Fenster, so lange, bis mein Rücken sich beruhigt hat, die Konturen der Häuser draußen verschwimmen und meine Gedanken mit ihnen. Nur einer bleibt übrig. Seinetwegen bin ich hier.

Schließlich stehe ich auf, gehe zum Wandschrank hinüber und öffne ich die Tür.

Der schmale Karton liegt ganz hinten im untersten Fach. Vorsichtig ziehe ich ihn heraus und wiege ihn in der Hand. Er ist sehr leicht. Viel zu leicht für ein Leben.

Ich trage ihn zum Schreibtisch und mache ihn auf. Es ist alles noch da. Alles, was ich vor fast einem Jahr darin verstaut habe, liegt unberührt in diesem schmalen, beigefarbenen Karton.

Hinter meiner Stirn ist ein brennender Druck.

Das *Dornbusch* hat noch nicht geöffnet, ist aber hellerleuchtet. Kim steht hinter dem Tresen und räumt Flaschen ein. Ich klopfe gegen die Scheibe. Kim sieht auf und erkennt mich. Einen Moment scheint sie zu zögern, dann stellt sie die Tequilaflasche, die sie gerade in der Hand hält, hin und kommt um den Tresen herum.

„Überraschung!", sage ich, als sie mir die Tür öffnet.

Kim nickt, ein förmliches Nicken, das die Dinge sofort in ein klares Licht rückt. „Hallo, Gunn." Sie schließt wieder hinter mir ab und geht mir voraus, zum Tresen zurück. „Willst du was trinken?"

„Eine Cola wäre gut", sage ich und lehne mich an einen Hocker. „Wie war's bei deinem Vater?"

„Okay", sagt Kim, stellt mir eine Cola hin und öffnet sie. Meinem Blick weicht sie aus. Einen Moment lang ist das Zischen der entweichenden Kohlensäure das einzige Geräusch im Raum. Dann bückt Kim sich und kommt mit ein paar Flaschen im Arm wieder hoch, und ich nehme meine Cola und trinke davon.

Kim dreht sich um und sortiert die Flaschen ins Regal ein. Im Spiegel betrachte ich ihr Gesicht. Um ihren Mund liegt ein harter Zug.

Mir ist klar, dass es schief geht mit uns. Und das endgültig.

„He, Kim", sage ich. „Was ist denn los?"

„Nichts." Kims Stimme klingt betont gleichmütig. Sie sortiert weiter Flaschen ein, ohne sich zu mir umzudrehen, nimmt sich Zeit für jede einzelne, richtet die Etiketten sorgsam zur Vorderseite hin aus. Nach einer Weile werde ich ärgerlich.

„Rede mit mir, okay? Erzähl mir, was los ist."

Kim dreht die letzte Flasche um und hebt endlich den Kopf. Im Spiegel treffen sich unsere Augen. „Kommst du mit nach hinten?", fragt sie. „Ich muss noch Mineralwasser holen."

Sehr aufrecht geht sie vor mir her durch den Gang. Ich bin so nahe hinter ihr, dass ich ihren Duft riechen kann. Die Traurigkeit kommt ganz ohne Vorwarnung, wie ein Schlag in den Magen. Ich bleibe stehen. Kim geht weiter, ihr gerader Rücken entfernt sich. Als ich einen Moment später zu ihr aufschließe, habe ich mich wieder gefangen.

Der hintere Raum liegt im Dunkeln, der Gang genauso, nur der Lagerraum am Ende ist beleuchtet. Kim bleibt in der Tür stehen. Das Licht ritzt den Umriss ihrer Gestalt wie einen Scherenschnitt in den Rahmen. Sie bückt sich nach einem Kasten Wasser, und ich greife an ihr vorbei und ziehe ihn heraus. Unsere Finger berühren sich. Kims Atem geht schnell, nahe an meinem Ohr.

„Du hast nicht an mich gedacht", sagt sie mit gepresster Stimme. „Wenn ich nicht gekommen wäre, hättest du überhaupt nicht an mich gedacht."

Ich weiß sofort, wovon sie redet. Wäre sie nicht gekommen, ich hätte im *Beluga* tatsächlich nicht eine Sekunde an sie gedacht. Ich hätte Dolly gefickt. Mit Greta zusammen. Den Jungs zugesehen. Spaß gehabt. Ohne an sie zu denken.

„Du denkst nie an mich", sagt sie leise und studiert mein Gesicht. „Nur wenn ich da bin."

„Das stimmt nicht", sage ich und hebe den Kasten an, um ihr auszuweichen. Ich brauche Zeit, ein paar Augenblicke.

„Aber du bist nicht wirklich bei mir", sagt Kim.

„Hab ich das jemals behauptet?"

„Nein", sagt Kim. „Nein. Aber ich hab es geglaubt." Sie lacht bitter. Die Narbe über ihrem Mundwinkel zuckt. Absurderweise überkommt mich das Bedürfnis, sie dort zu küssen. Aber es ist nicht angebracht. Natürlich nicht. Aber was ist jetzt überhaupt noch angebracht?

Ich lasse Kim stehen und trage das Wasser zum Tresen. Als ich zurückkomme, hat sie einen weiteren Kasten vor die Tür gestellt und einen Sechserträger Apfelsaft nach vorne geschoben. Schweigend steht sie in der Tür und sieht mir entgegen, mit zusammengebissenen Zähnen. Ihre Augen sind dunkel vor unterdrückter Wut.

Eigentlich will ich den zweiten Wasserkasten nehmen, aber stattdessen trete ich dicht an Kim heran und lege meine Hände auf ihre Taille. Sie zuckt zusammen und atmet tief aus.

Ich kann ihre Hüftknochen spüren; Kim ist noch dünner geworden. Die Weichheit ihres Bauches hat sich in Härte verwandelt, das schützende Fleisch ist geschwunden, und damit auch die Kraft ihrer Wut. Sie erreicht mich kaum noch, nur im Ansatz. Wie ein Windhauch anstatt ein Sturm.

Aber was mich erreicht, ist Kims Kummer.

„Gunn", sagt sie, und ihre Stimme bricht für einen winzigen Augenblick, bevor Kim sich wieder im Griff hat. „Gunn, ich bin nicht in deinem Leben." Sie schüttelt den Kopf, als könnte sie selbst nicht ganz glauben, dass diese Worte tatsächlich aus ihr heraussprudeln. „Aber du bist in meinem."

„Du bist sehr wohl in meinem Leben. Du bist eine Konstante für mich", sage ich leise. „Seit mehr als zwei Jahren!"

„Aber du für mich nicht!", sagt Kim verzweifelt. „Ich kann nicht auf dich zählen. Du vergisst mich einfach. Du nimmst eine Auszeit, planst vor dich hin, aber du planst ohne mich. Du hast mich nie gefragt, was ich dazu denke."

Das stimmt, ich habe sie nie danach gefragt. Ihre Meinung hätte mich sowieso nicht beeinflusst.

Ich spüre, wie ich zu schwitzen beginne. Nichts von dem, was sie jetzt beklagt, habe ich ihr jemals in Aussicht gestellt. Das ist ungerecht, aber ich kann nichts dagegen einwenden. Weil es trotzdem stimmt, was sie mir vorhält.

„Du hast mich nicht einmal gefragt, ob ich dich vermissen würde, wenn du ein halbes Jahr weggehst. Es ist dir egal, was ich dazu denke", sagt Kim traurig. „Ich hab keinen Platz in deinem Leben."

„Soll ich dich loslassen?", frage ich ruhig, obwohl ich die Worte kaum herausbekomme.

Kim schluckt, ihre Augen brennen. „Ich komme nicht mehr klar", flüstert sie. „Ich bekomme zu wenig. Von dir."

Einen Augenblick stehe ich still. Dann beiße ich die Zähne zusammen, spreize die Finger und presse sie in ihre Taille. Kim schnappt nach Luft. Der harte Zug um ihren Mund verschwindet auf einmal. Abwartend, fast flehend, sieht sie mich an.

Der Moment zieht sich dahin, die Zeit dehnt sich. Kims Augen brennen sich in meine; ihr Körper bebt in meinen Händen. Ich bräuchte nur einen Schritt zu machen, einen winzigen Schritt, und alles ginge weiter, vielleicht wie zuvor. Vielleicht aber auch anders. Aber es ginge weiter.

Doch ich tue es nicht. Langsam nehme ich meine Hände von ihrer Taille.

„Soll ich dich loslassen?", frage ich wieder. Die Traurigkeit in mir ist immer noch da, aber jetzt fühlt sie sich dumpf an. Ich weiß, dass ich Kim loslassen muss. Immer habe ich gewusst, dass der Tag kommen wird. Jetzt ist er da. Aber es tut weh.

Kim antwortet nicht. Sie sieht mich nur an.

Ich halte ihr Schweigen nicht aus. Ich bücke mich, hebe den Kasten hoch und trage ihn zum Tresen zurück. Kim folgt mir schweigend, den Sechserträger Apfelsaft in der Hand.

Als ich den Kasten abgestellt habe und mich zu ihr umdrehe, steht Kim breitbeinig da, mit vorgeschobenem Kinn.

„Übrigens", sagt sie. „Ich habe jemanden kennen gelernt. Nur dass du es weißt."

Ich nicke. Ich weiß, dass sie lügt. Aber in naher Zukunft wird es keine Lüge mehr sein. Sie wird jemanden kennen lernen. Sie wird mich aus ihrem Herzen vertreiben. Es wird ihr gelingen. Und auch, wenn ich das jetzt noch nicht spüren kann – ich wünsche es ihr.

Kim sieht mich an, wartet auf meine Entscheidung. Darauf, dass ich sie halte.

Aber das kann ich nicht mehr.

„Du hast jemanden kennen gelernt?", frage ich ruhig.

Kim nickt. Die Entscheidung ist gefallen. Ab jetzt, und das sehe ich ihren Augen an, sind wir höflich. Wahren das Gesicht. Von jetzt an sind wir Fremde, die sich einmal gut kannten.

„Wenn du mit ihr ins Bett willst", sage ich und spreche schneller, um jegliche Unsicherheit aus meiner Stimme zu tilgen, „dann lass es mich nicht merken."

„Aber ..."

„Ich will nicht weiter darüber reden, okay?", sage ich fest. „Das ist alles, was ich dazu zu sagen hab. Geh mit ihr ins Bett. Werde glücklich."

„Gut", sagt Kim nach einem Moment. „Okay." Sie sieht zu Boden. Ich stehe da und warte. Aber sie sieht nicht auf. Stur starrt sie zu Boden, und nach ein paar Augenblicken begreife ich, dass sie nicht aufsehen wird.

„Bis dann. Pass gut auf dich auf", sage ich leise. Ich drehe mich um, gehe zur Tür, schließe selbst auf und trete hinaus in den Abend. Es ist vorbei. Kein guter Abschluss, ein cooler erst recht nicht. Aber okay.

Es ist okay. Durchaus okay.

Ich muss nur daran glauben.

Samstag

„Sieh mal einer an, jetzt bist du also solo. Was soll nun bloß aus dir werden?", fragt Greta und trinkt einen Schluck Kaffee. Über den Rand ihres Bechers hinweg sieht sie mich verschmitzt an.

Ich weiß, dass sie mich nur ärgern will. Aber trotzdem bin ich ein bisschen beleidigt. „Ich bin doch schon was", sage ich bockig. „Und außerdem, solo war ich auch vorher. Kim und ich hatten schließlich keine Beziehung. Nur eine ... Affäre."

„Die immerhin über zwei Jahre gedauert hat." Greta stellt ihren Becher ab, greift nach meinem Pieper, den ich auf den Tisch gelegt habe, und betrachtet ihn nachdenklich. „Brauchst du den noch?" Sie sieht fragend zu mir auf.

Ich zucke mit den Schultern und sehe zur Tür, wo gerade ein neuer Schwung Gäste hereingekommen ist, Schwule, die ihre Party-Nacht mit einem Drink in der *BarbieBar* beginnen, genau wie Greta und ich. „Ich betreue zwar nur noch Vera und Luis, aber wer weiß."

„Geht es ihm gut? Luis, mein ich natürlich."

„Ich weiß es nicht", sage ich ehrlich. „Gemischt, würde ich sagen."

Greta legt den Pieper zurück auf den Tisch, aber ihr Blick hält mich fest. „Das ist ein bisschen wie ein Ring, den man nicht ablegen mag, auch wenn die Beziehung vorbei ist. Du kannst dich schwer trennen, nicht wahr?"

„Was heißt schwer trennen?", wehre ich mich, ein wenig lauter, als es vielleicht angebracht ist. „Ich habe mich gestern von Kim getrennt. Mit Tanja Schluss gemacht. Mich heute von meinen Kolleginnen verabschiedet. Und meinen Job gekündigt, das hab ich auch. Also, was willst du?"

„Okay, schon gut, reg dich ab, Gunn." Greta beugt sich nach vorn und fasst nach meiner Hand. Ich bin überrascht über die zärtliche Geste, mit der sie meine Finger berührt und mir über den Handrücken streicht. Das hat sie noch nie getan.

Plötzlich, erst jetzt, durch den Körperkontakt, spüre ich, wie nervös ich bin. Der ganze Tag erscheint mir seltsam getrübt, trotz des strahlenden Wetters kommt es mir vor, als läge eine dünne, unsichtbare Staubschicht über der Stadt. Morgens habe ich mein Fach im Geburtshaus ausgeräumt, am Nachmittag die anderen Hebammen beim Italiener zum Abschiedsessen getroffen. Es ist alles geregelt. Fast alles. Nur noch zwei letzte Besuche am Montag. Dann ist der Schnitt sauber vollzogen, dann beginnt meine Auszeit.

Es ist das, was ich will. Aber jetzt, wo es fast so weit ist, habe ich Angst. Die Zukunft ist für mich momentan nichts weiter als ein vager Gedanke, der nur ganz allmählich heranreift. Aber ob er mich trägt?

„He, Gunn", sagt Greta leise. „Das wird schon gut gehen. Alles. Du machst das schon richtig. Nimm dir einfach ein bisschen Zeit. Dann siehst du auch klarer."

Ich nicke. Gretas vertrautes Gesicht ist dicht vor mir. Ihre Augen halten mich fest, und nach einem Moment entspanne ich mich. Aufatmend lehne ich mich zurück und sehe auf, gerade rechtzeitig, um Bo zu entdecken, der quer durch den Raum auf uns zukommt, ein breites Grinsen in seinem kantigen Gesicht. Eine Reihe von Augenpaaren verfolgt jede seiner Bewegungen, wie früher schon zieht er die Blicke der Männer auf sich. Vielleicht sogar mehr noch; denn Bo gehört zu den Männern, deren Attraktivität mit zunehmendem Alter stetig steigt.

„Na, wen haben wir denn hier!" Bo bückt sich und küsst erst Greta und dann mich auf die Wange, bevor er sich einen Stuhl vom Nachbartisch heranzieht und sich darauf niederlässt. „Das schönste Lesbenpaar, das ich jemals gesehen habe", sagt er und grinst. „Warum ihr beide euch eigentlich nicht zusammentut, ist mir ein Rätsel!"

„Das geht eben nicht!" Greta lacht. „Wir würden uns ständig in die Quere kommen, wie zwei alte Kampfhähne. Jede von uns will dominieren. So was funktioniert nie."

„Zu schade aber auch", sagt Bo und winkt dem Kellner, der ihm zunickt und augenblicklich um den Tresen herum und zu uns herüberkommt.

„Drei braune Tequila", sagt Bo und sieht Greta und mich auffordernd an. „Und drei Bier. Gut so, Mädels?"

„Gut so", sagt Greta und reicht dem Kellner ihren Kaffeebecher. „Wird sowieso Zeit, dass wir endlich zum geselligen Teil übergehen." Sie zwinkert mir zu, bevor ich gegen diese Unverschämtheit protestieren kann, und wendet sich wieder an Bo. „Schön, dass du zurück bist! Gut siehst du aus."

„Danke. Das gebe ich gerne zurück. Und bei dir? Wie ist es gelaufen in letzter Zeit? Immer noch sexuell so aktiv?"

Greta lächelt amüsiert. „Aber sicher! Du weißt doch, eine Frau ist erst mit Dreißig auf dem Höhepunkt ihrer sexuellen Leistungsfähigkeit, im Gegensatz zu euch Kerlen. Ihr seid mit Achtzehn gut drauf, und danach schlafft ihr immer mehr ab. Bei uns ist das anders."

„Du hast ja keine Ahnung, Mädchen", versetzt Bo, und kurz darauf sind die beiden auch schon in eine hitzige Diskussion verstrickt.

Der Kellner bringt unsere Getränke, und nachdem Greta und Bo ihren Schlagabtausch kurz unterbrochen haben, damit wir anstoßen können, lehne ich mich zufrieden zurück.

Es macht mir Spaß, den beiden zuzusehen, während der Tequila sich warm in meinem Körper ausbreitet. Greta und Bo haben schon immer gern angeregt miteinander diskutiert, und heute kommt mir das besonders gelegen. Es gibt mir die Möglichkeit, mich herauszuziehen und von Gretas und meinem Gespräch zu erholen, und das hab ich nötig. Irgendwo in meinem Hinterkopf lauert die Traurigkeit über meinen Bruch mit Kim, aber es gelingt mir, sie dort zu belassen.

Plötzlich steht Elena an unserem Tisch. Als sie neben mir in die Hocke geht, dringt mir ihr Duft in die Nase. Schlagartig werde ich rot.

„Guten Abend." Elena lächelt mich an.

„Hallo, Elena", sage ich und setze mich so hastig aufrecht hin, dass ich mit dem Knie gegen den Tisch stoße. Die Flaschen darauf klirren und wackeln bedenklich, und Greta und Bo sehen auf.

„Wie geht's dir?", fragt Elena.

„Gut. Prima. Und dir?", frage ich hastig zurück und versuche zu ignorieren, dass sowohl Greta als auch Bo uns neugierig anstarren.

„Mir geht's auch gut." Elenas Augen liegen im Schatten, und ich registriere, dass sie ihre Haare hat schneiden lassen. Ein paar kurze Fransen hängen ihr in die Stirn; die Frisur steht ihr gut.

Ich könnte ihr das sagen, aber plötzlich habe ich Angst, die Worte nicht herausbringen zu können. Also schweige ich und sehe sie an. Elena erwidert meinen Blick. Ein paar Herzschläge lang sehen wir uns direkt in die Augen. Dann steht Elena auf.

„Bis später", sagt sie, dreht sich um und geht durch den Mittelgang davon.

Ich sehe ihr nach, wie sie durch die offene Tür verschwindet. Erst nach einer Weile merke ich, dass Bo und Greta mich immer noch anstarren.

„Was ist denn? Habt ihr irgendein Problem?", sage ich rau und stelle meine leere Bierflasche mit einem harten Knall auf dem Tisch ab.

Bo grinst. Greta verschränkt die Arme vor der Brust und studiert mich eindringlich.

„Ich hab dich noch nie so rot werden sehen", sagt sie. „Wer, bitte schön, war denn das?"

„Elena."

„Und wer ist Elena?"

„Eine große blonde Tischlerin, die ich neulich kennen gelernt habe, als du mich wieder einmal allein hast ausgehen lassen", sage ich trotzig.

Gretas Augen bohren sich tief in mich hinein, und zum allerersten Mal, seit wir uns kennen, macht mich das verlegen.

„Du hast mir tatsächlich nichts davon erzählt", sagt Greta und schüttelt tadelnd den Kopf. „Du hast mir nichts von dieser Frau erzählt, Gunn. Ist dir das klar?"

„Ja", sage ich und muss plötzlich erleichtert lächeln. „Das ist mir klar."

„Bevor ihr euch an die Gurgel geht, Mädels", sagt Bo, beugt sich zu mir herüber und legt mir den Arm um die Schulter, „lasst uns mal losziehen. Ich will noch was erleben mit euch. Wie wär's mit dem *Beluga?*"

„Seid ihr denn schon fertig mit Diskutieren?"

„Das können wir auch woanders." Greta wirft mir einen Kussmund zu, schiebt ihren Stuhl zurück und steht auf. „Los geht's. Aber Gunn – diese Sache hat noch ein Nachspiel!" Sie hebt drohend einen Finger und versucht, ernst auszusehen. Aber es gelingt ihr nicht, nicht im Geringsten.

„Das hoffe ich doch stark", sage ich grinsend, und dann stehen Bo und ich ebenfalls auf.

Elena ist nicht mehr zu sehen. Ich habe gehofft, sie vor der *BarbieBar* zu entdecken, wo sich Grüppchen von Gästen um die Tische geschart haben und die milde Abendbrise genießen. Aber Elena ist nicht da. Und irgendwie, das merke ich mit einer Mischung aus Enttäuschung und Erleichterung, während Greta und ich am Straßenrand warten, dass Bo uns ein Taxi heranwinkt, irgendwie bin ich auch froh darüber.

Vor dem *Beluga* hängt eine Traube von Männern herum, die sich mit ausdruckslosen Mienen gegenseitig taxieren. Etwas abseits steht Markus, den Arm um Anton gelegt, der seine Strickmütze tief in die Stirn gezogen hat.

„Hi, Girls!" Markus pfeift, und Greta und ich gehen zu ihm herüber.

„Was steht an?", fragt er. „Wollt ihr uns mal wieder mit einer Show-Einlage beglücken?"

„Heute nicht", sagt Greta und schüttelt Anton die Hand. „Wir haben ja keine Sklavin dabei."

„Zu schade aber auch!", sagt Markus. Interessiert betrachtet er Bo, der am Eingang stehen geblieben ist und sich mit Miguel, dem Türsteher, unterhält. „Wer ist denn die scharfe Nummer da drüben?"

„Mein Freund Bo", sage ich und registriere amüsiert die eifersüchtige Miene, mit der Anton sich augenblicklich aufrichtet und Bo misstrauisch beäugt. „Er war drei Jahre in Schweden, aber jetzt ist er endlich zurück."

„Na, der wird sich hier bald heimisch fühlen. Einsam bleibt der bestimmt nicht, so heiß, wie der aussieht", sagt Markus und zieht Anton seine Strickmütze mit einem Ruck über die Augen. „Der ist nichts für dich, Kleiner!"

Anton knufft Markus in die Seite, und Markus weicht lachend aus. „Wir gehen mit euch rein", sagt er und zieht Anton am Ärmel, der mit einem schiefen Grinsen die Mütze hochschiebt. „Lenny wartet sowieso schon."

Bo nickt förmlich, als ich ihm Markus und Anton vorstelle, und dann folgt er uns an Miguel vorbei ins *Beluga*. Die Luft ist zum Schneiden, der große Raum voller Menschen, Männer in Leder und Jeans, viele davon mit nacktem Oberkörper. Dumpfe Rhythmen dröhnen aus den Boxen an der Decke; es riecht nach Schweiß, Rauch und Hitze, und ich bin nicht überrascht, als ich sehe, dass die Tür zum Hinterzimmer trotz der frühen Stunde schon geschlossen ist. Auf meinen fragenden Blick hin lächelt Markus vielsagend.

„Später ist Technoparty im *SO*. Die Kerle wärmen sich schon mal auf."

„Wollt ihr was trinken?" Anton wartet unsere Antwort gar nicht erst ab, sondern bahnt sich bereits seinen Weg zum Tresen. Bo, der hinter mir steht, deutet über meine Schulter hinweg auf einen Stehtisch vor dem Gang zu den Toiletten, der soeben frei wird. „Wollen wir da rüber?"

Markus geht zum Tresen, um Anton mit den Getränken zu helfen, und Greta, Bo und ich schieben uns durch die Menge zum Stehtisch hinüber. Im gleichen Moment, als wir ihn erreichen, kommt Lenny aus dem Gang zu den Toiletten. Er lächelt breit, als er mich erkennt.

„He, Gunn!"

„Lenny! Ich dachte schon, du bist im Hinterzimmer beschäftigt."

„Ach was, ohne euch macht mir das doch keinen Spaß mehr." Lenny umarmt mich und begrüßt Greta, und ich drehe mich zu Bo um.

„Bo, das ist …"

Bo steht stocksteif da und starrt Lenny an. Auf seinem Gesicht ist ein merkwürdiger Ausdruck, den ich noch nie bei ihm gesehen habe.

Auch Lenny steht da wie versteinert. Seine Hand liegt noch auf meiner Hüfte. Ich kann spüren, dass er zittert.

„Das ist Lenny", sage ich schließlich. „Und Len, das hier ist mein Freund Bo."

Es dauert ein paar Sekunden, bis Bo schließlich antwortet. „Wir kennen uns", sagt er mit rauer Stimme, ohne den Blick von Lenny zu wenden.

Lenny sagt gar nichts.

Wie elektrischer Strom fließt die Spannung zwischen den beiden, kaum zu ertragen in ihrer Intensität. Ich trete einen Schritt zurück und tausche einen Blick mit Greta, die neugierig von einem zum anderen sieht.

Und dann, als ich Lennys erstarrte Miene betrachte und den fassungslosen Ausdruck, mit dem er Bo anstarrt, dann endlich fällt bei mir der Groschen.

Natürlich – Bo ist es! Bo ist der geheimnisvolle Typ, von dem Lenny seit Jahren redet. Bo ist Lennys Traummann.

Greta schüttelt den Kopf und sieht mich mit hochgezogenen Brauen an. Einen Moment später verändert sich ihr Blick. Ich weiß, was passieren wird, bevor es geschieht.

Jemand berührt mich an der Schulter. Greta fängt an zu grinsen, und ich drehe mich um.

Elenas Lächeln ist verwegen und schüchtern zugleich.

Jetzt bin auch ich wie erstarrt. Elena beugt sich vor und bringt ihren Mund dicht an mein Ohr. „Kommst du mit raus?", fragt sie, und ich zucke zusammen, als ihr Atem mein Ohrläppchen streift.

Es dauert einen Moment, bis meine Erstarrung sich löst. Dann nicke ich langsam.

Wieder fahren wir durch die nächtliche Stadt, aber diesmal sitze ich auf dem Beifahrersitz. Ruhig steuert Elena den Wagen durch die stillen Straßen, vorbei an dunkel daliegenden Häusern, in denen vereinzelt Lichter aufscheinen. Wir schweigen; alles Notwendige ist schon gesagt, für mehr ist jetzt kein Platz. Als wir in die Eylauer Straße einbiegen, wirft Elena mir einen fragenden Blick zu, und ich deute auf die Vorderfront des Hauses, in dem ich wohne.

„Da", sage ich leise. Das Wort klingt wie ein Krächzen.

Erst ganz oben an der Straße finden wir einen Parkplatz. Während wir nebeneinander her zurück zum Haus gehen, habe ich ein taubes Gefühl in meinen Beinen. Ich weiß nicht, wie es gekommen ist, dass ich Elena zu mir eingeladen habe. Ich habe nicht darüber nachgedacht. Aber ich will sie bei mir haben, in meiner Wohnung. Und genau das macht mir ein wenig Angst.

Der Lichtschalter im Treppenhaus ist mal wieder kaputt, und ich unterdrücke das Bedürfnis, nach Elenas Hand zu greifen, um sie sicher in den vierten Stock hinaufzuführen. Sie hält sich dicht hinter mir. Auf dem Treppenabsatz im zweiten Stock verlangsame ich meinen Schritt, und Elena prallt gegen mich und saugt überrascht die Luft zwischen den Zähnen ein. Es ist unsere erste Berührung, und sie jagt mir ein heißes Gefühl durch den Bauch.

„'tschuldigung", sage ich leise und bin froh, dass Elena mein Lächeln nicht sehen kann.

Meine Wohnung liegt im Dunkeln. Ich taste nach dem Lichtschalter, lasse die Hand aber wieder sinken und mache zwei Schritte in die Küche hinein, um dort die Lampe am Herd einzuschalten. Mildes, gelbliches Licht erhellt Elenas Gesicht, als ich mich zu ihr umdrehe. Ihr Blick flackert durch den Raum, über Einrichtung und Gegenstände hinweg, dann zu mir.

„Wasser oder Bier?", frage ich.

„Beides, wenn's geht."

„Aber natürlich." Ich greife zwei Gläser, eine Flasche Mineralwasser und ziehe ein Bier aus dem Kühlschrank. „Gehen wir rüber", sage ich und nicke zum Flur.

Im Zimmer stelle ich Gläser und Getränke ab und schalte die Tischlampe ein. Wie eine honigfarbene Flutwelle ergießt sich das Licht über die Tischplatte, tropft an den Rändern hinunter, fließt auf die blanken Holzdielen.

Ich spüre Elenas Anwesenheit dicht hinter mir, die Anspannung ihres Körpers überträgt sich auf meinen eigenen.

„Karg", sagt sie. „Ich meine, ziemlich spartanisch."

Sie hat Recht; ich besitze nicht viel. Mein Bett, einen Holztisch mit Stuhl, ein Regal mit Kleidung, Büchern und CDs, die Kompaktanlage daneben. Ich könnte jederzeit gehen; mein Habe lässt sich fast tragen.

Plötzlich weiß ich nicht, was ich tun soll. Hastig hocke ich mich vor die Anlage, suche mit fahrigen Bewegungen nach passender Musik, lege eine CD ein, aber ich stelle sie nicht an.

Elena geht an mir vorbei zum Fenster. Ihre breiten Schultern sind sehr gerade; ihr leicht gebeugter Nacken wirkt im Gegensatz dazu fast verletzlich, als sie in das weitläufige Gelände am Fuße der Häuserzeile hinaussieht. Eine S-Bahn rattert über die Gleise. Weit oben schimmert eine Wolke, rötlich bestrahlt von den Lichtern der Stadt.

Ich will aufstehen, aber ich kann mich plötzlich nicht rühren. Elenas Silhouette hebt sich dunkel gegen den Nachthimmel ab. Ich habe sie hergebracht, und damit hat sie auch mein sorgsam gehütetes Innenleben betreten. Kim war nur einmal in meiner Wohnung und dann auch nur in der Küche. Tanja oder andere Geliebte waren nie hier, nur Freunde, sehr selten. Selbst Greta kommt kaum zu Besuch.

Jetzt aber ist diese Frau in meinem Zimmer. Elena, die am Fenster steht und hinaussieht. Ich stehe auf.

Elena dreht sich um und kommt auf mich zu. Sie hebt die Arme, legt sie um meine Schultern, hält inne. Einen Moment lang sieht sie mich an. Ihre schräggeschnittenen Augen sind so schön, dass ich nicht atmen kann.

Dann beugt sie sich vor und legt ihre Wange an meine. Ein scharfes Ziehen ist in meinem Kopf, fährt mein Rückgrat hinunter, fächert sich auf, fließt in meinem Bauch wieder zusammen, strömt weiter hinunter.

Ich habe etwas anderes erwartet: wilde Lust, Geilheit, einen Hitzestoß. Aber was mich stattdessen überrollt, ist eine ungeheure Woge von Zärtlichkeit, die mich vollkommen überrascht. Und bewegungsunfähig macht.

Still stehe ich da. Ich spüre Elenas Lächeln, ihre weiche Wange an meiner, die Spannung in ihren Muskeln. Ihre Hände tasten sich unter mein Hemd, schieben sich meinen Rücken hinauf, streichen über meine Schulterblätter. Es ist, als könnte ich meine eigene Haut unter ihren Fingerspitzen spüren. Jeder Zoll ist sensibilisiert, jede Berührung ein kleiner Stromstoß, der sich bis in meine Nervenbahnen fortsetzt, durch meinen Körper gleitet. Ich halte es kaum noch aus.

Elena hebt den Kopf, legt ihre Hände um mein Gesicht, als wäre ich ihr bereits vertraut. Und vielleicht ist das auch so.

Dann küsst sie mich.

Und erst jetzt kann ich mich wieder bewegen. Ich lege meine Arme um sie und ziehe sie näher an mich heran, ziehe sie mit mir aufs Bett, auf mich hinauf.

Ihr Atem ist heiß an meinem Hals, ihr Gewicht presst mich auf die Matratze, so fest, dass mir der Atem wegbleibt. Meine Hände erkunden ihr Fleisch, ihre Haut, ihren kräftigen Körper. Sie ist stark, stärker als ich. Nie zuvor ist mir das passiert, und ich stelle fest, dass es mir gefällt.

Elena löst sich aus meinem Griff, streift sich ihr T-Shirt über den Kopf und knöpft sich die Jeans auf. Ich richte mich auf, aber sie hält mich zurück.

„Warte", flüstert sie und lächelt mich an, mit leicht verhangenen Augen. Wie gebannt verfolge ich jede ihrer Bewegungen, sehe zu, wie sie sich auszieht, ihren kräftigen, schwerknochigen Körper enthüllt. Ihre nackten Schultern schimmern im honigfarbenen Licht, als sie sich vorbeugt und meine Hose zu öffnen beginnt. Sie ist nur ein paar Zentimeter von mir entfernt, ihr Duft ist in meiner Nase, und plötzlich verspüre ich ein heißes Gefühl in meinem Magen. Hunger. Oder auch Schmerz.

Aber es ist kein Hunger, das begreife ich im nächsten Moment. Und es ist auch kein Schmerz. Es ist Sehnsucht. Ich habe Sehnsucht nach ihr, Sehnsucht nach ihrem Körper. Sehnsucht, sie zu berühren. Sehnsucht, sie zu lieben, mich von ihr lieben zu lassen.

„Hep", sagt Elena leise und zieht an meinem Hosenbund, und folgsam hebe ich die Hüften an. Sie streift meine Hose hinunter. Als sie nach meinen Boxershorts greift, schüttele ich den Kopf. Elena stutzt, dann legt sie eine Hand flach auf meinen Brustkorb und drückt mich sanft nach hinten.

Ihre Hände sind überall, an meinem Rücken, meiner Brust, meinen Schultern. Ich lasse mich gehen, bewege mich kaum, genieße jede Berührung, das Beben ihres Körpers auf meinem, das Zittern in meinen und ihren Lenden, das sich mit jeder Sekunde verstärkt.

Erst als sie ein Bein zwischen meine schiebt, richte ich mich halb auf und greife nach ihrem Arm. Einen Moment lang sträubt sie sich, spannt ihre Muskeln an. Ihr Widerstand ist deutlich zu spüren.

„Lass mich", sage ich leise. Ihre blauen Augen strömen in mich hinein. Dann gibt sie mir nach, dreht sich zur Seite und sinkt nach hinten.

Ich sehe sie an. Ich möchte warten, will diesen Moment auskosten, in dem sie unter mir liegt, weich und zu allem bereit. Aber dann kann ich nicht anders; ich muss sie streicheln. Und jetzt sind es meine Hände, die überall sind. Ich taste mich vorwärts, beuge mich vor, lecke ihr über die Brüste, ziehe Spuren über ihren Bauch, abwärts, bis zwischen ihre Schenkel. Elena schnappt nach Luft und greift nach meinem Nacken, krallt ihre Finger in meine Haare, zieht meine Lippen von ihrem heißen Mund.

„Was machst du mit mir?", flüstert sie heiser.
„Und was machst du mit mir?", flüstere ich zurück.

Ihre Augen saugen mich in sich hinein. Dann zieht sie mich wieder zu sich herunter, und ich versinke in ihr.

Später, als unser Atem sich allmählich beruhigt, löst sie sich von mir und rückt ein Stück ab. Ihr Finger streift über meinen Arm bis hinauf zu meiner Tätowierung. Sanft fährt sie die wellenförmigen Linien nach, die drei Seiten des Dreiecks, den Punkt in der Mitte.

„Schön", sagt sie leise.

Ich bewege mich nicht. Ich warte auf die Frage. Aber sie kommt nicht. Stattdessen sagt Elena ruhig: „Das bist du: Der Punkt in dem Dreieck bist du. In deinen schützenden Wänden. Auf den wilden Wogen des Lebens."

Ich bin unfähig zu sprechen. Stumm sehe ich sie an. Mein Herz klopft mir bis zum Halse. Sie hat mich erkannt. Sie hat mein Zeichen gelesen.

Und dann überkommt mich ein merkwürdiges Gefühl. Ich liege still da, aber plötzlich ist alles in mir in Bewegung. Alles gerät aus den Fugen. Und fügt sich gleich darauf wieder zusammen. Ein wenig versetzt, ein wenig ungewohnt. Neu. Und doch, und das weiß ich schon jetzt, und doch, trotz allem, stabil. Nur ein winziger Moment, und alles ist anders.

Elena nimmt meine Hand, zieht sie zu sich heran und schmiegt ihre Wange hinein. Nachdenklich betrachtet sie mich.

„Alles in Ordnung?"

Ich schlucke und räuspere mich, um dann endlich zu nicken. Mit meiner freien Hand fasse ich nach ihrer Schulter, streiche langsam darüber. Ihre Haut ist feucht und weich, feine Härchen flimmern im Licht. Nach einem Moment greift Elena auch nach dieser Hand und legt sie auf ihre andere Wange.

Ich halte sie in meinen Händen, studiere ihr schönes Gesicht, ihren offenen Blick.

„Und du? Wie ist es mit dir?", fragt Elena ruhig. Ich weiß gleich, was sie meint. Sie hat mich berührt wie noch keine zuvor. Aber nicht zwischen den Beinen.

„Nie", sage ich leise.

Sie lächelt, und plötzlich, für einen winzigen Moment, bin ich mir nicht mehr sicher, ob ich gerade eben die Wahrheit gesagt habe. Vielleicht ist das Zukunft: Wenn etwas möglich wird. Einfach nur möglich.

Sonntag

Elena liegt im Bett. Sie schläft, ich betrachte sie. Ihr Gesicht ist weich. Ihre Züge sind entspannt, wenngleich noch immer erhitzt. Rote Flecken auf ihren Wangen künden von den Anstrengungen und Aufregungen der vergangenen Nacht.

Draußen rattert ein S-Bahn-Zug in den Vormittag hinein. Das Grau des dämmernden Morgens ist schon seit einer Weile dem klaren Licht des Tages gewichen. Ich habe die Schatten in Elenas Gesicht weicher werden, sich auflösen, ganz verschwinden sehen.

Ich bin voller Zärtlichkeit. Mit jedem Atemzug spüre ich, wie das Leben voranfließt, weiterfließt, vorwärts. Ich werde sehen, wie es sich anfühlt. In Zukunft.

Das Rattern des Zuges verklingt. Elena seufzt im Schlaf und dreht sich ein wenig zur Seite, und ich beuge mich vor und küsse sie sanft auf die Schläfe. Bevor ich aufstehe, lege ich den Zettel, den ich vorhin geschrieben habe, vor das Bett. Nur zwei Sätze stehen darauf: *Ich komme bald wieder. Bitte warte auf mich.*

In der Küche brennt immer noch das Licht am Herd. Ich schalte es aus, trinke den Rest frisch aufgebrühten Kaffees und fahre mir ein letztes Mal durchs Haar, das noch feucht vom Duschen ist. Dann sehe ich zum Fenster hinüber.

Der Karton steht auf der Fensterbank, dort, wo ich ihn am Freitagabend hingestellt habe. Ich habe lange überlegt, wo ich ihn aufbewahren sollte. Kein Ort erschien mir angemessen. Am Ende habe ich mich für die Fensterbank entschieden, den weiten Blick auf das S-Bahn-Gelände, die Lichter der Stadt.

Mit langsamen Schritten gehe ich zum Fenster hinüber. Vorsichtig nehme ich den Karton und halte ihn einen Moment in der Hand. Wieder bin ich überrascht über sein geringes Gewicht. Aber diesmal muss ich nicht schlucken. Der brennende Druck hinter meiner Stirn ist nicht mehr da.

Dann nehme ich meine Aktentasche vom Stuhl und schiebe den Karton langsam hinein. Sie ist unbenutzt, obwohl ich sie schon vor Jahren gekauft habe, und während ich das Schloss einschnappen lasse, weiß ich, dass ich sie auch nie wieder benutzen werde.

Kathrin öffnet die Tür und bittet mich wortlos hinein. In der Küche setzen wir uns.

„Bist du dir sicher?", frage ich.

Kathrin nickt, ihr Gesicht ist angespannt, ihr Mund wie ein Strich.

Ich nehme den Karton aus meiner Tasche und reiche ihn ihr. Kathrin hält ihn mit beiden Händen, bevor sie ihn vor sich auf den Tisch legt. Eine Weile starrt sie darauf nieder, dann atmet sie tief durch und öffnet ihn.

Ich sehe zu, wie sie die Dinge herausholt, die ich vor fast einem Jahr dort hineingelegt habe. Einen schmalen Packen Fotos in einem Umschlag, eine Karte mit winzigen Fuß- und Handabdrücken, eine helle Strähne, kaum länger, als mein kleiner Finger breit ist.

Kein Laut ist zu hören. Die Zeit steht still. Kathrin sitzt sehr aufrecht da und sieht auf das nieder, was vor ihr auf dem Tisch liegt. Vorsichtig streicht sie über die Strähne. Ein Zucken ist um ihre Mundwinkel, kaum merklich runzelt sie die Stirn. Dann nimmt sie den Umschlag, zieht die Fotos heraus und dreht sie um.

Schweigend betrachtet Kathrin ein Bild nach dem anderen. Zum ersten Mal sieht sie ihr Kind an.

Auch ich sehe das winzige, verschrumpelte Gesicht, die geschlossenen Augen, das helle Haar, das ich damals behutsam gewaschen hatte, kurz bevor ich die Fotos machte.

Ich kann mich genau an alles erinnern: an das Gewicht des toten Kindes in meiner Hand, seinen langsam erkaltenden Körper, die Zartheit seiner Haut. Selbst an den Geruch des kleinen Mädchens, ein Geruch, der nicht ihr eigener war, sondern noch der ihrer Mutter. Der Geruch der Geburt.

Kathrin nimmt sich Zeit für jedes einzelne Foto; ganz ruhig schiebt sie eins hinter das andere, studiert den kleinen, so vollkommen scheinenden Körper, die Nahaufnahmen der Hände und Füße, die nicht immer ganz scharfen Portraits.

Als sie fertig ist, beginnt sie von vorne. Und dann, ganz plötzlich, fängt sie an zu weinen. Mit einem hellen Klagelaut presst sie die Fotos an ihre Brust und krümmt sich zusammen. Schluchzend bettet sie eine Wange auf den Tisch und weint lautlos, mit fest geschlossenen Augen.

Nach einem Moment strecke ich die Hand aus und lege ihn auf ihren Arm. Kathrin weint weiter.

Aber ich weiß, dass sie es schaffen wird. Jetzt, endlich, wird sie es schaffen.

Montag

„Gunn!", sagt Inga verdutzt, als sie sich zu mir umdreht, die geöffnete Lotionflasche in der Hand. „Was ist denn? Willst du dich nicht hinlegen?"

Ich schüttele den Kopf. „Nein. Ich will nur mit dir reden."

Inga studiert mein Gesicht, dann lächelt sie und stellt die Flasche wieder weg. „Okay", sagt sie. „Ein Abschlussgespräch also. Bitte, setz dich doch." Sie deutet auf die Behandlungsliege, die einzige Sitzgelegenheit im Raum. Ich setze mich auf die Kante, und Inga lehnt sich mit verschränkten Armen mir gegenüber an die Fensterbank.

„Und, insgesamt?", fragt sie. „Was sagst du?"

„Meine Rückenschmerzen sind weniger geworden, eindeutig. Den Rest schaff ich allein. Gute Arbeit."

„Danke schön", sagt Inga. „War das jetzt etwa alles?"

Ich nicke. „Und morgen geht's also los nach Rumänien?", frage ich.

Inga zieht die Brauen zusammen. „Ja, morgen geht's los."

„Wie lange bleibst du?"

„Knapp drei Wochen. Ich fahr ein bisschen rum. Immerhin hab ich ja das Auto." Sie sieht mich nachdenklich an. Ich erwidere ihren Blick.

„Nimmst du mich mit?", frage ich.

Inga stutzt. „Aber du kennst mich doch gar nicht", sagt sie und fängt an zu lächeln.

Ich lächele zurück. „Ich kann dich ja kennen lernen."

Inga nickt. „Einverstanden", sagt sie. „Okay."

„Ich hab nur eine Bitte. Such mit mir ein Krankenhaus auf. Oder besser, ein paar. Mit Geburtsstationen. Ich will sie mir ansehen."

Ingas Lächeln vertieft sich. „Entwicklungshilfe? Und das in Rumänien?"

Ich zucke mit den Schultern.

„Gute Idee." Inga nickt. „Aber nicht, dass du dann dort bleibst."

„Vielleicht später", sage ich. „Aber auf jeden Fall komme ich wieder. Hier wartet etwas auf mich."

„Und was?", fragt Inga und fixiert mich gespannt.

„Mein Leben", sage ich schlicht.

„Danke für deine Hilfe, Gunn!" Vera umarmt mich flüchtig zum Abschied.

„Nichts zu danken. Und wenn was ist ..."

„... rufe ich im Geburtshaus an", unterbricht sie mich. „Aber ich glaube, ich komme auch so klar. Wir", korrigiert sie sich rasch und legt Luis für einen Moment die Hand auf den Arm. Als sie zurücktritt, sehe ich ihrem Gesicht an, dass sie mit den Gedanken bereits weit fort ist. Aber das ist auch gut so. Auf mich ist sie nicht mehr angewiesen, und genau so soll es auch sein.

Luis bringt mich zur Tür, mit Rasmus im Arm. „Also dann", sagt er und zieht eine verlegene Grimasse.

In der offenen Tür bleibe ich stehen und streiche Rasmus ein letztes Mal über die Wange. Mit großen Augen starrt er mich an und gluckst, bevor er unvermittelt mit einem Arm wackelt. Es sieht aus wie ein unbeholfenes Winken, und Luis und ich müssen beide darüber lächeln.

„Also dann", sagt Luis noch einmal und legt eine Hand auf die Türklinke. „Und du bist jetzt erst einmal fort?"

„Ein halbes Jahr Auszeit, genau."

„Und erreichbar bist du nicht, richtig?"

Ich zögere. Wir sehen uns an. Rasmus rülpst leise, und Luis klopft ihm automatisch auf den Rücken, ohne den Blick von mir zu wenden. Seine Augen sind schwer.

Ich könnte ihm meine Handynummer geben.

Aber ich mache es nicht.

„Nein, ich bin nicht erreichbar", sage ich schließlich, auch wenn es mir schwer fällt. Luis nickt geschlagen und senkt den Kopf.

„Luis?"

Er blickt auf, Misstrauen in den Augen. An seinen Mundwinkeln sind jetzt zwei kleine Kerben, die ich noch nie zuvor gesehen habe.

„Ich habe doch deine Handynummer, Luis. Was dagegen, wenn ich dich mal anrufe?"

Ein Zucken geht über seine Lippen, verschwindet dann wieder. „Nein", sagt er. „Überhaupt nicht. Im Gegenteil, gern." Rasmus strampelt mit den Beinen und beginnt zu quäken, und Luis nimmt ihn auf den anderen Arm und tritt von der Tür zurück. „Okay, dann, mach's gut, Gunn", sagt er. „Und ... danke. Für alles."

Ich nicke. „Mach's selber gut. Und pass auf den Kleinen auf, bis er groß ist."

Luis lächelt schwach.

„Das ist ein Befehl", setze ich hinzu.

Luis' Lächeln wird breiter. „Sir", sagt er und salutiert. „Jawohl, Sir!" Rasmus sieht mit offenem Mund zu ihm auf, und Luis betrachtet ihn liebevoll. Dann winkt er mir zu. „Bis dann, Gunn. Und alles Gute!"

Als ich die Treppe hinuntergehe, habe ich ein ungutes Gefühl im Magen. Es kommt mir seltsam vor, Luis zurückzulassen. Er ist mir ans Herz gewachsen. Ich bin mir nicht sicher, ob seine und Veras Beziehung halten wird.

Um Vera machte ich mir keine Sorgen. Sie hat Rasmus. Aber Luis nicht. Luis hat im Falle des Falles nur sich selbst. Und ich weiß nicht, ob das reicht.

Aber vielleicht muss es das einfach.

Ich bin schon fast an meinem Auto, als mein Handy klingelt. Auf dem Display erscheint keine Nummer. Einen Moment bin ich unschlüssig, dann nehme ich den Anruf an.

„Spreche ich mit Gunn?" Eine Männerstimme. Ich erkenne sie nicht.

„Ja?", frage ich vorsichtig.

„Entschuldige die Störung. Ich hab deine Nummer von Hedi, einer von deinen Kolleginnen aus dem Geburtshaus."

„Und wer bist du?"

„Mein Name ist Marius. Marius Koch. Das wird dir nichts sagen, aber du ... du hast neulich bei mir gesessen, als es mir schlecht ging. Als meine Tochter zur Welt kam. Wir mussten ins Krankenhaus, Nabelschnurvorfall. Vielleicht erinnerst du dich?"

Sofort habe ich das Bild wieder vor mir. Der junge Mann im dunklen Wartezimmer, die Angst in seinen Augen. Die schrillen Schreie der Gebärenden, Sandra, die mich bittet, den Krankenwagen zu rufen. Das urplötzlich um Jahre gealterte Gesicht des Mannes, als er sich entschließt, seine Partnerin zu begleiten.

„Ich erinnere mich", sage ich und lehne mich rücklings gegen den Wagen.

„Ich wollte nur sagen, dass alles okay ist", sagt er. „Mit unserer Kleinen. Ihr geht es gut."

„Lara Maria?"

Er lacht erfreut. „Ja", sagt er. „Das wollte ich dir nur sagen. Und mich bedanken. Du weißt schon."

„Ja", sage ich leise. „Ja, ich weiß. Danke für deinen Anruf."

Wir verabschieden uns, und ich schalte das Handy aus und stecke es ein. Drüben, über dem Park am Ende der Straße, geht gerade der Mond auf. Ich lege eine Hand auf den Türgriff. Mein Kopf ist ganz leer. In mir ist es sehr ruhig. Ich kann das Lächeln auf meinen Lippen spüren.

Irgendwo ruft eine Frau, und ein Teenager fährt auf einem Fahrrad vorüber. Ich lasse die Tür los, gehe ums Auto herum und auf den Park zu.

Jetzt, in diesem Moment, beginnt meine Auszeit.

PIPER

Karen-Susan Fessel

Bilder von ihr

Roman. 354 Seiten. Serie Piper

Thea ist Anfang Zwanzig, als sie Suzannah, die Fotografin, kennenlernt, und sie ist weit davon entfernt, sich auf eine Beziehung, also auf Nähe und Vertrauen, einlassen zu wollen. Früh hatte sie den Vater, als Jugendliche die Mutter verloren, sie war aus der Provinz nach Berlin gekommen, jobbte sich durch die Szenenkneipen, fühlte sich frei und ungebunden, genoß die Anonymität der Großstadt. Die Begegnung mit Suzannah trifft sie wie ein Blitz. Sie weiß, wie man es nur einmal im Leben wissen kann, daß sie die Frau ihres Lebens gefunden hat. Aber noch kann sie Nähe nicht wagen, sperrt sich, flüchtet. Es dauert Jahre, bis Thea sich auf Suzannah einlassen, bis sie vertrauen kann. Und dann der Schock: Suzannah kommt bei einem Verkehrsunfall ums Leben. Thea geht nach Paris, an Suzannahs Ort, sie trauert, indem sie sich erinnert, indem sie die Geschichte dieser Liebe aufschreibt, indem sie sich der »Bilder von ihr« inne wird.

01/1288/01/R